FRITZ VÖLKER
«KEEN STROM IN DE LEITUNG»
EIN HÖRSPIEL UND ERZÄHLUNGEN

Verlag der Fehrs-Gilde, Hamburg

Copyright 1978 by Verlag der Fehrs-Gilde · Hamburg-Wellingsbüttel
Einbandgestaltung: Martin Andersch
Gesamtherstellung: Georg Christiansen · Itzehoe/Holstein
ISBN-Nr. 387849016 ×

Keen Strom in de Leitung

Niederdeutsches Hörspiel
von
Fritz Völker

Gemeinschaftssendung von Radio Bremen und NDR
vom 8. Oktober 1973

Die Personen:

Robert Klinkwordt, Polier
Otto Ehlers, Zimmermann
Franz Alvermann, Baumeister
Gesine, dessen Frau
Jutta, deren Tochter
Ein Nachrichtensprecher.

In der Küche bei Klinkwordt. — Starke Windböen!

Klinkwordt: *(am Herd beschäftigt. — Ein Deckel fällt herunter):* Oh! Dat ok noch! *(Erstaunt)* Ik kann mi wedder bücken! As wegblast, de Hexenschuß. *(Legt den Deckel auf den Topf)* Na! Denn kann ik de Muermannsbüx jo wedder antrecken. Alvermann freut sik, wenn de Polier wedder op'n Bo is. — De Kumpels sachs wull nich. Laat sik nich gern op de Finger kieken, de veel to oft na'n Beerbuddel griepen doot.

Sturm nimmt allmählich an Stärke zu.

Klinkwordt: Fröher sünd se mit'n Kaffetäng op de Bostell gahn. Nu sitt se mit föftig Jahr bi Unkel Dokter un hebbt dat mit de Lebber, oder mit de Pump! Mit Sößtig sünd se riep för de Rente! *(Geht einige Schritte)* Na na? Man goot, dat mien Hus nich so dicht an't Holt liggen deit. De Fuhrn fangt jo bannig an to swunken. Wat hebbt se man noch seggt in't Radio:

Nachrichtensprecher: Ein orkanartiger Sturm hat unser Land heimgesucht. Die Wälder sind in bisher nie erlebten Ausmaßen dezimiert worden, die Schäden unvorstellbar verheerend.

Zahlreiche Häuser wurden beschädigt, zum Teil abgedeckt. Fahrende Autos von den Straßen gefegt, oder durch umstürzende Bäume erdrückt. In Niedersachsen sind bis jetzt vierundzwanzig Menschenleben zu beklagen. Es wird dringend davor gewarnt, einen Wald zu betreten. Lassen Sie Ihren Wagen zuhause und bleiben Sie selbst am besten in Ihren eigenen vier Wänden.

Wir melden uns wieder, sobald neue Nachrichten vorliegen.

Wir setzen unser Vormittagskonzert fort mit dem Choral „Großer Gott, wir loben Dich!" — — —

Klinkwordt: Dat hett he seggt. — Nu gifft dat wedder Lüttholt. Köönt se nix mit anfangen! Dat Öl regeert de Welt un de elektrische Strom. De vörnehmen Lüüd hebbt dat goot, brukt blot mal op'n Knoop to drücken. — Wat hebbt se sik fröher afmarachen mußt mit de Füerung un de Asch. *(Geht an den Herd und schaut nach den Töpfen)* Man een Glück, dat ik noch twee Füerstellen heff. Twee Petroleumlampen staht ok noch praat. — Ik weet, wat Katastrophenalarm bedüden deit. Bün nich blot mit'n Finger op de Landkort ümherreist. Op Staatskosten sotoseggen! Ja ja. Ik heff uns ole Mudder Eer allerwegens mit dörchplöögt!

Eine kräftige Sturmbö! Die Küchentür fliegt auf, es fällt etwas vom Tisch.

Klinkwordt: *(poltert zur Tür und schließt sie mit größter Anstrengung):* Bliev buten, du ole Breker. In mien Köök hest du nix verloorn! *(Pustet)* Oha! — Is jo heel goot, son technische Maschinerie, wo de modernen Minschen sik so veel op inbillen doot, aver wenn unsen Herrgott dat infallt, dar den Dumen optodrücken, denn is dat ut mit de Herrlichkeit! Is wull nödig, wenn se van Tiet to Tiet mal öllig dükert warrd, de grotsnutigen Wichtigmaker!

Auf der vorbeiführenden Straße Lärm und Gepolter.

Klinkwordt: *(eilt an's Fenster):* Nu kiek di dat blot mal an! De dorsen Mülltünnen trudelt dörch de Stadt, as weern dat leddige Marmeladenammers. Un de Wohlstandsmüll, de flüggt nu hoch in de Luft. — Süht meist so ut as'n Pulk van witte Duben! *(Geht zum Herd und hantiert)* Wo Otto Ehlers blot afbliben deit! — De is doch wull nich dörch'n Woold gahn!

Es kracht draußen.

Klinkwordt: Och du leve Tiet! Mien Schuurdack! — Na! Müß doch mal nee deckt warrn. Oolt un möör. — Hm! — Mit mi is ok nich veel Staat mehr to maken! Teihn Jahr Orlog in de Knaken.

Tür wird aufgerissen — eine Windbö fliegt herein — Tür wird zugestoßen.

Klinkwordt *(trocken):* Kiek an! Du hest dat jo bannig ielig, ol Fründ!

Ehlers *(jappt nach Luft):* Robert Klinkwordt! — De Welt geiht ünner! Sowat heff ik noch nich beleevt! Warrd jümmer seggt, wenn in Holsteen de Wind weiht, aver — wi köönt uns hier in de Heid ok nich beklagen.

Klinkwordt: Nu seggt blot, du büst dörch dat Holt gahn, du verrückte Hund!

Ehlers: Bün ik! Kunn ik ahnen, dat de gode, sinnige Petrus op'nmal de Backen so full nehmen deit? — Mann! — Is'n Wunner, dat ik dörchkamen bün! *(Läßt sich erschöpft auf einen Stuhl fallen)* Eenmal un nich wedder, dat kann ik di swöörn, ol Fründ! Ut Stalingrad sünd wi beiden goot rutkamen. Ik heff dacht, nu mutt di hier so'n ole Fuhr in't Krüz fallen un di to Muus drücken.

Klindwordt: So'n Heldendoot harr ik di ok nich günnt!

Ehlers: Dat Inferno heff ik achter mi! — Ik glööv, bi unsen Herrgott bün ik goot anschreben! Verdammt noch mal!

Klinkwordt: Wenn he di flöken hüürt, deit em dat villicht leed!

Ehlers: Kiek di den Woold man an, wenn du Tiet hest! Du warrst di wunnern! As Kruut un Röben liggt dat dörch'nanner! Unsen Forstmeister warrd de Haar enkelt hochstahn, kann'k di seggen! — As dat anfüng to breken, bün ik forts ut dat Holt rutlopen, nah de Straat hen, aver harrst' dat man mal sehn schullt, as de langen Drööt van de Überlandzentrale afriten deen un de blauen Funken man so sprütt hebbt as bi dat Füerwark in Planten un Blomen. — Hest du överhaupt noch Strom in de Leitung?

Klinkwordt *(geht einige Schritte, knipst den Schalter an)*.

Ehlers: Dar hebbt wi dat! — Een Glück, dat ik tohuus noch'n Öölaben in de Döns heff. Kannst' tonoot op kaken. Talglichter hebbt wi ok noch genoog liggen.

Klinkwordt: Ik hool dat wull ut, un wenn dat'n ganze Week duern deit.

Ehlers: Aver de annern, ol Fründ, de groten Lüüd! Dien Chef Alvermann to'n Bispill. Un de Hotels. De velen Gäst. Is jüst'n Tagung un allens belegt. De köönt sik nich mal rasiern.

Klinkwordt: Wat Alvermann sien grootsnutige Gesine wull rümbirrsen deit! Söß Mann Besöök in't Hus.

Ehlers: Gesine! Dien spezielle Fründin, wat?

Klinkwordt: Hm! — Nix gegen Alvermann! De beste Chef, den ik mi denken kann.

Ehlers: Na ja! Büst doch mit em tosamen op de School gahn, nich?

Klinkwordt *(holt Flasche und Gläser aus dem Schrank, schenkt ein):* Ja. Wi duzt uns noch jümmer. Sien Gesine paßt dat gar nich.

Ehlers: Verstah ik egentlich nich so recht! Weerst doch fröher mal ganz goot mit ehr bekannt, nich?

Klinkwordt: Hm! — Ik segg Prost! Ik glööv, du hest em nödig, den Sluck!

Ehlers: Maggst' wull seggen! — Danke! — — —

Klinkwordt: Süht leeg ut, hebbt se in de Nahrichten seggt. Veeruntwintig Dode al!

Ehlers: Wat? — Mann! Binah weer ik de fiefuntwintigste west! —

Klinkwordt: denn hebbt se den Choral sungen „Großer Gott, wir loben Dich!" — Loben! Wat gifft dat dar wull to loben, segg mi mal! Faken genoog hebbt wi dat sungen in de Kapell, wenn wi'n goden Fründ de letzte Ehr andaan hebbt. Wenn ik ganz ehrlich sien schall, ol Fründ — ik bün mi darbi jümmer son beten dösig vörkamen.

Ehlers: Noch mal goot darvan afkamen bün ik!

Klinkwordt: Denn höört sik dat wull so, dat du Sünndag mal in de Kerk geihst, dinen Herrgott to danken.

Ehlers: Hm! — Dat kann ik ok mit em alleen afmaken. Bruuk mi nich erst in'n Karkenstohl hentohuken un darbi in minen Hoot kieken. — Stell doch mal den Kasten an! Hest doch den Kufferradio.

Klinkwordt *(stellt den Apparat ein):* Düütsche Volksleder warrd se uns wull nich vörsingen!

Moderne Musik für junge Leute ertönt lautstark.

Ehlers: Mann! Hest du'n Sender ut'n afrikaanschen Urwald anstellt?

Klinkwordt: Ne. Dat is UKW twee.

Ehlers: Gott schall mi behöden un bewahrn! — Wenn du noch Rotten hest, de kriegt dat Birrsen!

Klinkwordt: Dat verstaht wi beiden nich! Sünd to oolt un to verkalkt. Wi mit unse olen Schnulzen!

Ehlers: Ach ne! Un wat se uns faken in't Fernsehn vörjammern doot van Sehnsucht un Leev, as wenn se al in Gedanken op'n Kanapee togang sünd? — Stell blot af, Mann!

Klinkwordt *(stellt ab):* Ik glööv, wenn se teihn Jahr öller sünd, düsse jungen Lüüd, denn lacht se dar över. Hett allens sien Tiet un sinen Öwergang. Wat wi fröher op Musik sungen hebbt, dat weer doch faken mehr as tweedüdig! — *(Erstaunt)* Oh!

Ehlers: Is dar wat?

Klinkwordt: Wi kriegt Besöök! — Kiek mal ut't Finster!

Ehlers (*geht einige Schritte*): Mann! Dien Chef Franz Alvermann. Kummt sogar tofoot. Hett sinen groten Admiral lever in de Garasch stahn laten. Ik glööv, dar höllt he mehr van as van sien Gesine.
Klinkwordt: Ja! — Kummt mi ok al so vör.
Ehlers (*heimlich*): Weeßt du ok, dat he in Soltau 'n Fründin hett?
Klinkwordt (*überrascht*): Wat? — Nu segg ik gar nix mehr!

Es klopft.

Klinkwordt: Kaam rin!

Tür geht auf. Windstoß. — Tür zu.

Alvermann: Junge, junge! Hebbt wi so'n Orkan al mal beleevt! Aver dien Huus steiht jo noch, Robert! — Goden Dag!
Klinkwordt: Meen't ok so, Franz.
Ehlers: Goden Dag, Herr Alvermann!
Alvermann: In'n Forst süht dat ut, hebbt se mi vertellt, maakst di keenen Begriff! 'n paar Jahr bruukt se keen Holt mehr to slagen.
Ehlers: Dat kann man wull driest seggen.
Klinkwordt: Minen Hexenschuß hett de Strom wegblaast, Franz. Maandag bün ik wedder op de Bostell.
Alvermann: Goot! Goot! — Aver deswegen bün ik nich kamen. Bi uns tohuus is Katastrophenalarm. Nich blot bi uns. Allerwegens. Keen Strom, de Heizung is utfullen. Dat geiht op Middag to un wi köönt nich kaken. In de Hotels is nix to maken, de Gäst sünd afhaut, de Bahnstieg steiht brekenvull. Wokeen fahrt noch mit sien Auto! — Höört mal — nu verpust sik de Storm — un denn geiht dat mit alle Gewalt wedder los. Wenn uns blot nich de Kraan umkippen deit!
Ehlers: Veeruntwintig Dode al. Binah weer ik de fiefuntwintigste west!

Alvermann: Den'n hebbt wi al, hier in de Stadt. Dar is 'n groten Lastwagen van de Straat fegt in'n Graben rin, de Fahrer forts doot un de Bifahrer beide Been braken. De ole Gesche Witt hett de Storm fatkregen un gegen de Huusmuer drückt. Schwere innere Verletzungen, hebbt se mi vertellt. — *(Unvermittelt)* Robert! Du — du mußt mi helpen!

Klinkwordt: Wenn ik kann? För di do ik dat gern!

Alvermann: Ik heff Besöök in't Hus. Verwandschaft van mien Fro. Luert op Middageten. Dar heff ik an di dacht. Du hest jo noch'n Füerstell, nich?

Klinkwordt: Heff ik. Bün jüst darbi för mi un minen Fründ Eten to kaken. Iesbeen mit Suerkohl un Arvdenpüree. Aver ik kann di de Waschköök överlaten, dar is ok noch'n Herd un Füerung heff ik genoog. Sauber is se ok! Dien Fru bruukt keen Angst to hebben, dat se anbacken deit, oder in de Spinnweben hangen bliben warrd. — Wenn di dat recht is!

Alvermann: Gewiß bün ik dat! Un wenn mien Fru dat nich passen deit, denn mutt se sik dat topaß maken! Is jo Nootstand!

Klinkwordt: Ik gah glieks bi un maak Füer an, dat se nich to freern bruukt.

Alvermann: Velen Dank, Robert! Ik heff mien Jutta al seggt, se köönt jo man'n schöne Gemüsesupp kaken. De steiht bi de Rippen un warmt ok allerbest! Op de Richtkösten hett uns dat alltiet goot smeckt, nich Robert?

Klinkwordt: Stimmt genau. Aver so krüüsch weern wi jo nich.

Alvermann: Robert! Nu bitt ik di! Hest du jümmer noch nich vergeten, wat darmals vörfullen is twüschen di un Gesine? — dat sünd twintig Jahr her! Mi dücht, de Stachel schull doch bilütten so möör worrn sien, dat he nich mehr to spöörn is.

Klinkwordt: Hm! — Ja. — Egentlich hest du jo recht, Franz! — Goot. An mi schall dat nich liggen!

Alvermann: Denn will ik mien Fru glieks Bescheed seggen! — Ik glööv, de Storm hett al nahlaten! *(Öffnet die Tür).*

Klinkwordt: Ji bruukt kenen Putt mittobringen. Ik heff enen, de langt goot för teihn Personen.

Alvermann: Na also! Ik glööv, so'n groten Putt hebbt wi ok gar nich!

Ehlers: Loopt Se man gau los, Herr Alvermann! Ik glööv, dat geiht glieks wedder los.

Alvermann: Süht mi ok so ut!

Tür zu. — Neue Sturmbö.

Klinkwordt: Na! Denn man to! — Wat nu wull op mi to kamen deit!

Ehlers: Segg mal, ol Fründ — ik bün jo keen beten neegierig — aver — gar to gern harr ik doch mal van di to höörn kregen, wat du darmals mit Gesine Bestmann hatt hest.

Klinkwordt: Worüm nich.

Ehlers: Denn scheet man los.

Klinkwordt *(deckt den Tisch):* Erstmal wüllt wi Middageten. Solang wi nich stöört warrd. Hau di ran an'n Disch!

Ehlers: De vörnehme Fru Alvermann schall bi Muurer Klinkwordt in de Waschköök ehr Middageten kaken! — Mann! *(Setzt sich)* Dat schall mi mal verlangen!

Klinkwordt: De Huusherr will dat so, wat blifft ehr anners wull över.

Ehlers: Mm! Smeckt goot! Wat du dat allens so henkrigen deist!

Klinkwordt: Heff ik van mien gode Tilli lehrt, as se an to süken füng. Un nu is se al fief Jahr doot. De beiden Jungens ut'n Huus, nu sitt ik hier alleen

14

	to müffeln un freu mi, wenn du mal opkrüzen deist!
Ehlers:	Mien Fro is verreist un Spegeleier kannst nich jümmerto eten! Dar heff ik dacht, besöök dinen olen Kumpel man mal.
Klinkwordt:	Lang to, nödigen bruuk ik di wull nich.
Ehlers:	Ne ne. — Ik bün jo blot gespannt, wat Gesine Alvermann seggen warrd, wenn du ehr in dien Waschköök nödigen deist! *(Muß lachen)* Mann!
Klinkwordt:	Jümmer noch beter as in'n Swienstall! Aver — gespannt bün ik jüst so goot, dat mutt ik seggen! *(Steht auf und knipst den Schalter an)* Ne! Noch keen Strom!
Ehlers:	Glöövst du villicht, dat se bi so'n Orkan de Lüüd van't E-Wark losschicken doot? Veel to gefährlich!
Klinkwordt:	Aver bi mi is dat mollig warm.
Ehlers:	Un de vörnehmen Herrschaften, de kriegt nu bilütten dat kole Gräsen. — Un dat deit di in'n Ogenblick keen beten leed?
Klinkwordt:	Is dat mien Schuld? Wüllt doch alltied so klook sien, köönt dat nich laten, sik över de lütten Lüüd to mokiern. Nu sünd se dat, de dösig ut de Wäsche kieken doot!
Ehlers:	So is dat! Wat Gesine wull seggen warrd, wenn ehr Gemahl mit so'n frohe Botschaft över'n Süll petten deit!

Ausblenden. — Kurze Pause. — Im Hause Alvermanns.

Alvermann	*(hat gerade sein Haus betreten. Ruft):* Jutta! — Jutta!
Jutta	*(kommt):* Na, Vadder? Wat hett dien Polier seggt? Köönt wi?
Alvermann:	Wi köönt! Dien Mudder mutt sik dar mit affinnen. — Woveel Grad Warms hebbt wi denn noch?

Jutta: Achtein Grad in de grote Döns.
Alvermann: Denn bruukt se noch nich to freern. Darmals bi Sewastopol hebbt wi dat nich so komodig hatt, mien Deern.
Jutta: Unkel Hans hett seggt, wi sitt hier noch hoch un dröög. Wenn wi mit unsen Wagen ünnerwegens weern, harrn wi de Ors villicht al toknepen ünner jichdens een Boom. — Du weeßt jo, wo groff he mennigmal sien kann. Aver bi Tante Janna weer dat wull nödig. Füng al an to quesen!
Alvermann: Duert nich lang, denn hebbt ji den Putt to Füer in Robert Klinkwordt sien Waschköök. Söök man al tosamen, wat ji darto bruken doot.
Jutta: Heff ik al daan, Papa un de Handwagen steiht praat. — In Klinkwordt sien Waschköök, hest du seggt?
Alvermann: Ja. Köönt doch nich verlangen, dat he uns sien Köök free geben deit. Besöök hett he ok jüst. — Oder paßt di dat nich?
Jutta: Mi? — Ik weet blot nich, wat Mama darto seggen warrd!
Alvermann: Segg ehr gar nix! Dat warrd se jo gewahr.
Jutta: Mama denkt sik wull, bi so'n Wittmann is dat bestimmt nich so sauber un akraat, as Mama dat wennt is. Aver — dar bruukt se sik keen Sorgen üm to maken! In'n Gegendeel!
Alvermann: Wo weeßt du dat denn van?
Jutta: Och! Ik bün dar al faken kamen, bi Klinkwordt! Oder hest du wat dagegen,
Alvermann: Wat schull ik wull. — De Storm hett nahlaten, ik glööv, wi hebbt dat Leegste achter uns.
Jutta: Papa? Ik — ik müch di noch wat fragen!
Alvermann: Brukst du nich, mien Deern! Ik heff dar gar nix gegen, wat dien Verhältnis mit Robert Klinkwordt junior angeiht. Segg em man, wenn he

16

	sien Examen maakt hett, kann he forts bi mi anfangen! Warrd höchste Tied sogar, dat ik Hölp krigen do!
Jutta:	Danke! Papa! — Di geiht dat nich alltogoot? Wat hett de Dokter di seggt?
Alvermann:	Wat schall de mi wull seggen, Jutta. De Wahrheit ganz bestimmt nich! Sprütten un Tabletten, dat is allens! — Un nu mutt ik los. Heff noch'n Besprekung in Soltau.
Jutta:	Vergeet nich dat lüttje Paket intosteken!
Alvermann:	*(ziemlich verdattert):* Dat — wat tüünst du di dar trecht! Billst di jo blot wat in! — Du! Ik heff dat nich gern, wenn du mi nahspioniern deist! Hest du mi verstahn?
Jutta:	Ik meen — lohnt sik sachs nich för di, wenn du mit leddige Hannen to'n Gebortsdag ankamen deist! *(Geht fort).*
Alvermann:	Wo kummt se dar denn blot bi? — Sowat!
Gesine	*(kommt).*
Alvermann:	Hm! — Wat ik man noch seggen wull — ik heff mit Klinkwordt snackt. Hett al anbött för di! Brukst ok kenen Putt mittobringen.
Gesine:	So! Wat dat wull för'n Putt is! Ik kann mi alltogot vörstellen, woans dat bi so'n olen Junggesell utsehn deit.
Alvermann:	Wat du hest! Tööv man af! De Mann is Wittmann.
Gesine:	Noch leger!
Alvermann:	Wi wüllt uns nich striden, Gesine. — Sünd dien Gäste noch enigermaten goot bi Luun?
Gesine:	Mööt se sik mit affinnen.
Alvermann:	Mööt se. Un du ok! Brickst du di wiß keen Verzierung bi af, sien Hölp antonehmen! De Mann is tolerant, kannst du di'n Bispill an nehmen. Wenn du dar över nahdinken deist, wat du em darmals baden hest.
Gesine:	He kann di veel vertellt hebben.

17

Alvermann: Nich veel, aver — mi hett dat langt! — Dat ji Froonslüüd doch jümmer de Nees so hoch dregen mööt, wenn de Mann dat to wat bröcht hett.

Gesine: Ja ja! — Wenn ik di nich mit Utduer op de Hacken seten harr, denn weerst du hüüt noch de lütte Krauter as dien Vadder! Dat dien Boogeschäft sodennig ingang kamen is, dat hest du doch blot mi to verdanken. Ik bün dar achter her west, dat wi Opdräge kregen hebbt, ik heff di so lang tosett, bit du wat riskiert hest. De dat nich waagt un de Ellbagens bruken deit, de warrd an de Kant drückt. Nu büst du baben!

Alvermann: Glück is jümmer darbi, wat du di vörnehmen deist! Harr ok scheef gahn kunnt.

Gesine: Och! Hett jo kenen Sinn, mit di to diskutiern! Is jo doch allens eendoont!

Alvermann: Dat is nich mien Schuld! — Un nu laat mi tofreden un maak di op'n Weg na Robert Klinkwordt, dat dien Verwandschaft nich verhungern mutt. Mit Kotlett un Braden is dat jo nix, aver mit'n goden Eenputt hebbt se nich blot bi de Nazis Propaganda maakt. De Hauptsaak is, du smittst den Kopp nich so dull in'n Wind! Kunn licht angahn, dat di dar mal'n Dackpann ropfallen deit bi den Storm!

Gesine: Dat kunn di wull so passen! — Wat weer di in düssen Fall lever? Forts op de Stell exitus, oder mit'n Dackschaden in de Achterstuuv wiedergammeln, di van de leven Mitmenschen bedüern laten. Kunnst di denn jo mit'n goot Geweten annerwegens de Tiet verdrieven laten.

Alvermann: Du snackst dar wat her, as dien Natur di dat nich anners un nich beter ingeben kann.

Gesine: Segg lever, du löttst di ok so keen beten darvan afholen, dien Vergnögen nahtogahn.

Alvermann: Wat blifft mi denn noch anners över? Keeneen warrd mi dat verdenken, wenn ik butenhuus mien Pläsier söken do!
Gesine *(verächtlich):* Segg doch lever Sex, denn verstah ik di! Kann ik blot över lachen! Mann van fiefunföftig un jümmer noch so verrückt! As wenn dat nix anneres geben deit op de Welt!
Alvermann: Ik müch blot mal weten, wat du di dar ünner vörstellen deist. Ik heff mi al faken fragt, worüm hest du överhaupt heiradt?
Gesine: Dat heff ik mi ok al fragt: worüm?
Alvermann: De Antwort is licht to finnen! Hett gar nich alltolang duert, dar bün ik mi heel un deel klaar worrn, wat du in'n Sinn harrst!
Gesine: Wat denn wull? — Segg doch!
Alvermann *(wird zunehmend aggressiver):* Di weer dat nich topaß, in de Twete Klaß to fahrn! Höger rop hest du wullt! Robert Klinkwordt hett di den Gefallen nich daan, sik vör dien Kaar spannen to laten. As mien Vadder doot weer, de di nich utstahn kunn, bün ik so verrückt wesen, op di rintofallen!
Gesine: Dat seggst du nu! Kann ok sien, dat ik op di rinfullen bün!
Alvermann: Wat hebbt se mi beneid, dat ik son düchdige Fru funnen heff! Heff ik jo blot di to verdanken, dat uns Firma son Obswung nahmen hett! Hest' dar jo ok för sorgt, dat mi gar keen Tiet bleben is, to Roh to kamen! Dat Geschäft freet mi langsam op, ik müß Tabletten slucken, dat ik man'n klaarn Kopp beholen dee bi de Arbeit an't Reißbrett, bi dat Hissen un Jachtern van Bostell to Bostell! För dat Geld, wat ik an Zigaretten verqualmt heff, harr ik mi de beste Urlaubsreis günnen kunnt! Aver — ik harr jo keen Tiet! Laat uns noch töben, sääst du alltiet, denn köönt wi uns'n Hölpsmann

	leisten, denn haalt wi allens nah! Ik kunn jo noch stahn un gahn, noch weer dat nich so wiet, dat se mi mit'n Herzinfarkt jichdenswo opsammeln müssen!
Gesine:	Hett dien Fründin in Soltau di dat allens vörsnackt, wat du mi eben an'n Kopp smeten hest? Kummt mi meist so vör!
Alvermann:	Och, laat mi tofreden!
Jutta	*(kommt):* Mama! De Handwagen steiht vör de Döör! Uns Reis kann losgahn!
Gesine:	Ja ja! Du glöövst jo gar nich, wat ik mi dar op freun do!
	(Beide gehen nach draußen — ziehen mit dem Handwagen auf der Straße entlang).
Gesine:	Mit'n Handwagen lang de Dörpstraat. Man mutt sik jo schamen!
Jutta:	Och wat! Is mal wat anneres! So wiet is dat jo nich bit Klinkwordt!
Gesine:	Mi langt dat!
Jutta:	Schußt nu man 'n beten fründlich sien to Klinkwordt! Villicht hest du wat goottomaken?
Gesine:	Wat du wull weeßt! — Wat he an mi goottomaken hett, dar hest du keen Ahnung van! — Wat se nu wull achter de Gardinen staht to kieken un to spekeliern. De vörnehme Fru Alvermann is mit'n Handwagen ünnerwegens, mutt sik 'n Putt vull Supp kaken bi den Muermann Klinkwordt!
Jutta:	Bi unsen P o l i e r Klinkwordt, Mama!
Gesine:	Polier! Polier! Wat is dat al!
Jutta:	Ik weet! — Wat harrst du denn mit Papa? Weern jo bannig luut.
Gesine:	Ik weer nich luut! H e weer dat!
Jutta:	Ik weet!
Gesine:	Du weeßt gar nix. *(Die Geräusche des Handwagens verlieren sich allmählich in der Ferne).*

Bei Klinkwordt in der Küche.

Klinkwordt: In de Waschköök heff ik Eierbriketts ünnersmeten, dar kann Gesine Alvermann 'n Ossen op braden, wenn se Lust hett.
Ehlers: Harrst du doch gar nich nödig hatt. De Herd is doch free, hier in de Köök.
Klinkwordt: Ne! Hier will ik se nich rümsnuben hebben! Se kann sik freun, dat se in de Waschköök ehr Supp kaken kann. In'n Swiensstall heff ik leider kenen Herd, sünst — na ja!
Ehlers: Schaam di, Robert! Dat is nich de feine Aart, di to revanschiern!
Klinkwordt: Mag sien, aver för mi jüst de paßliche! — Du! de Storm warrd al sinniger. *(Knipst den Schalter an)* Ne. Noch keen Strom in de Leitung. — Hm! — Mutt nu wull bald kamen! Mien spezielle Fründin Gesine Alvermann! *(Beginnt, das Geschirr abzuwaschen).*
Ehlers: Schall ik mit afdrögen helpen, ol Fründ?
Klinkwordt: Lat man! Du mit dien Ballastschüffeln, du smittst mi blot noch wat twei.
Ehlers: Velen Dank! — Tjä! — Denn vertell mi nu doch mal, wat di darmals so an Gesine Alvermann argert hett. Wanneer is se di to'n erstenmal över'n Padd lopen?
Klinkwordt: Och! Wenn ik di dat genau seggen schall! — Ik weer al bi den olen Alvermann in de Lehr, un Gesine, sowat bi teihn Jahr jünger, güng noch to School. De Deern geföll mi. Kralle Ogen in'n Kopp, un op'n Mund weer se ok nich to sitten kamen. Wenn wi an't Muern weern, hett se faken tokeken un mi düt un dat fragt. Bi de Schoolarbeiden heff ik ehr ok faken mit holpen in Düütsch. Dat Fach weer mien best Rebeet. In Mathematik weer dat nich nödig. Wenn wi uns

	later af un an mal in de Mööt lopen sünd, hebbt wi uns jümmer fein wat vertellt. Se is denn nasten op de Middelschool gahn. Tjä! Un denn keem de grote Orlog! De unkloke adolfinische Tiet vull Storm un Drang — un grote Biesternis, kann man wull seggen — reet uns mit.
Ehlers:	Kunnst' meist op den Gedanken kamen, se hebbt uns darmals wat in'n Kaffe daan, dat se uns den Brägen sodennig verdüüstert hebbt. — Un denn?
Klinkwordt:	As ik ut de Gefangenschaft trüchkeem, se weern al düchdig bi to boon, heff ik mi forts bi Alvermann in sien Kontor meld. Un dar heff ik — nah teihn lange Jahr — Gesine wedderfunnen.

Kontor bei Alvermann. — Die Schreibmaschine klappert. — Es klopft.

Gesine:	Herein!
Klinkwordt	*(tritt ein):* Goden Dag!
Gesine:	Guten Tag! — Sie wünschen?
Klinkwordt:	Ich möchte mich mal erkundigen —
Gesine:	Ach so! Sie suchen Arbeit?
Klinkwordt:	Ja, ich suche Arbeit!
Gesine:	Einen Augenblick! Bitte nehmen Sie Platz! *(Arbeitet weiter).*
Klinkwordt	*(setzt sich. — Für sich):* Hm! — Dat is doch — dat is doch de lüttje Gesine Bestmann? — Gewiß doch! — Verdammt smucke Deern worrn!
Gesine	*(reißt einen Bogen aus der Maschine):* Also Sie suchen Arbeit?
Klinkwordt:	Do ik. Aver — kennt wi beiden uns nich?
Gesine:	Ik — ik weet nich?
Klinkwordt:	Doch! Gesine Bestmann! dien Vadder weer doch — *(besinnt sich)* na ja! Is vergeten! Hett jo sachs dat Beste wullt, as he Ortsgruppenleiter worrn is! Laat wi dat also.

Gesine	*(etwas frostig):* Wer sind Sie? Und was wollen Sie!
Klinkwordt:	Robert Klinkwordt is mien Naam! Kennst du mi denn gar nich mehr, Gesine?
Gesine:	Gewiß. Nu fallt mi dat wedder in! Aver — dar sünd teihn Jahr över hen gahn!
Klinkwordt:	Ja! Sünd dat! Fünf Jahre für Führer und Vaterland die Knochen hingehalten und dann fünf Jahre bei Moskau Zeit gehabt, in Gefangenschaft darüber nachzudenken. Wildeß —
Gesine:	Ik weet! Wildeß hett mien Vadder sien feine, brune Kluft opbrennt, hett dat nu nich mehr nödig den Arm bi elkeen Gelegenheit hoch to holen mit Heil Hitler, un de annern hebbt villicht dacht: heil du ihn! Wenn du kannst! Un ik heff bi'n BDM mitmarschiert! Dat wulln Se mi bi düsse Gelegenheit doch mal ünner de Nees holen, nich?
Klinkwordt:	Ne, dat wull ik nich! Ik heff dar jo ok an glöövt un den Arm jüst so goot hochholen! Aver dat hebbt se uns nasten in Rußlands Eiswüstenei gau afgewöhnt!
Gesine:	Hm! — Dar sünd al vele trüchkamen un wi weet nich so recht, wat ut jüm worrn is, op wat för'n Aart se sik in de langen Jahrn verännert hebbt!
Klinkwordt:	Kunn to'n Bispill licht angahn, dat so'n ruge Kerls nich mehr öwer'n Padd to troon is, nich? — Aver — snackt wi dar nich mehr över — ik heff al spöört, de Brüch is ok tweigahn as so veles annere.
Gesine:	Was — was liegt also an?
Klinkwordt	*(unwillig geworden):* Das Naheliegende, mein Fräulein! Ich suche Arbeit!
Gesine:	Gut! Damit kann ich dienen.
Klinkwordt:	Dat ik Muermann bün, bruuk ik wull nich to vertelln!
Gesine:	Bruukt Se nich! Arbeit mehr as genoog! — De Papiern?

Klinkwordt: Bitte! — Heff sogar mien Gesellentüchnis bi mi.
Gesine *(schaut es sich an):* Oh! Praktisch und theoretisch sehr gut! Kummt nich alle Daag vör. — Wanneer köönt Se anfangen?
Klinkwordt: Glieks morgen! Ik mutt Geld verdenen. Teihn Jahr Brachland plöögt. Is nix bi rutkamen as Steen un Schören!
Gesine: Nägenuntwintig sünd Se worrn. Seht meist öller ut?
Klinkwordt *(sarkastisch):* Mag wull sien! Dat kummt — de Köök weer nich jüst de beste, un de Hygiene ok nich. De Luft alltiet vull Iesenstücke, veel to veel gegen Blootarmoot wat uttorichten. In'n Gegendeel! Kannst' de lange Reeg nich mehr telln, de ehr Bloot darbi verloorn hebbt!
Gesine: Hm! — Worüm hebbt Se darmals nich de Middelschool besöcht? — keen Lust, — Keen Moot?
Klinkwordt: Keen Geld, Fräulein Bestmann! Mien Mudder weer doch Wittfru, kunn ehr dat nich tomoden, mi noch över dree Jahr dörchtoslepen op de School in Hamborg.
Gesine: Och so. Heff ik nich mehr an dacht! Aver — mi ducht, wat versüümt worrn is, kann doch nu nahhaalt warrn! Oder?
Klinkwordt: Ik will Geld verdenen un ik mutt Geld verdenen! Söß Semester op de Booschool gahn ahn Mittlere Reife, dat Geld heff ik nich, ok keen gode Tante, de mi ünner de Arms griepen kunn! *(Räuspert sich. Dann)* Nix för ungoot, dat ik so'n beten pulterig worrn bün. Ik meen, köönt jo nich all studiern! Mutt jo ok welke geben, de muern doot! Un dat kann ik! — Ik meld mi bi Alvermann! — Velen Dank *(betont)* Fräulein Bestmann! *(Verläßt das Kontor).*
Ehlers: Hm! Kummt mi meist so vör, as harr de Deern op'nmal Interesse dar an hatt —.

Klinkwordt: — ut den eenfachen Muerklatscher opletzt'n Booingenieur to maken! *(Geht auf und ab)* Kunn nich recht klook warrn ut de Deern!

Ehlers: Toerst hett se dacht, seh di vör, teihn Jahr ut de Ogen, keen weet, wat för'n Struntje dat worrn is bi'n Barras. 'n fründlichen Ogenslag hest du ok jüst nich hatt?

Klinkwordt: Harrn keen Spegel in't Kontor. Son beten Anstand heff ik aver doch mit nahhuus bröcht, ol Fründ.

Ehlers: Dat Du hett dien Gesine aver nich mehr gellen laten?

Klinkwordt: Nee! Weer doch keen Schooldeern mehr, is nu Fräulein Bestmann worrn, Sekretärin bi den Boomeister Alvermann. Un ik bün blot Muermann! So is dat wull! Also distanzieren Sie sich mein gnädiges Fräulein! Es genügt nicht, wenn ich mir jeden Morgen die Zähne putze und abends den Hals wasche!

Ehlers: Tjä, ol Fründ! Und es blieb ein Stachel in seinem Herzen!

Klinkwordt: Och wat, Tühnkraam!

Ehlers: Dat is doch nich allens, wat du mi to vertelln hest!

Klinkwordt: Nee! *(Geht bedächtig auf und ab):* Veer Weken later — ik harr mi al'n beten wat anschafft, weer nich hier in de Neegde van Gesine op'n Boo togang west, leep nich mehr as son afgewrackten Landser in de Gegend rüm — drööp ik Gesine ganz tofällig in de Kuranlagen. Ganz alleen keem se mi dar in de Mööt. Ik bleev an'n Karpendiek stahn un dach so bi mi: warrd se nu wull an di vörbilopen — oder günnt se di'n paar Wöör? Ik stah also dar un kiek nah de Karpen, as harr ik allmiendaag noch keen to Gesicht kregen. — Dar steiht se op'nmal dicht bi mi.

Gesine: Na? Wo geiht uns dat denn? Maakt de Arbeit Spaaß?
Klinkwordt: Oh doch! Heff mi heel goot an de Muerkell wennt. Ik glööv sogar, de Chef is mit mi tofreden.
Gesine: Ja, dat is he. Düchdige un solide Handwarkers sett sik alltiet dörch. Warrd jo veel Beer drunken, un de Sluckbuddel steiht ok faken genoog op'n Kopp, op de Richtkösten köönt se dat Maat nich finnen, aver —
Klinkwordt: Aver?
Gesine: Se staht so'n beten afsiets, maakt dat nich mit.
Klinkwordt: Dat weet Se ok al?
Gesine: Ik heff mien Ogen allerwegens.

Beide gehen jetzt über den Kiesweg.

Klinkwordt: Ik ok!
Gesine: Und?
Klinkwordt: Darbi is mi opfullen, dat mien Schoolkamerad Franz Alvermann Gluupsogen kriegen deit, wenn he —
Gesine: — wenn he mi op Visier hett, wulln Se seggen!
Klinkwordt: Dat wull ik.
Gesine: Kunn ik mi wat op inbilln, nich? Weer gar nich so verkehrt, op de billigste Aart un Wies de Ledder nah baben roptofallen! Dat Kladdern kunn ik mi also spaarn.
Klinkwordt: Wenn Franz dat ok wull in'n Sinn harr, is noch lang nich rut, wat sien Vadder darto seggen warrd.
Gesine: Ik weet. — Dar is 'n Bank! Wüllt wi uns 'n beten daalsetten? Oder wüllt Se sik hier villicht mit 'n Fründin drapen?
Klinkwordt: Nee! Bün ik noch nich to kamen, sowat antofangen. Erstmal wat doon un Geld verdenen! Teihn Jahr rümvagabundiert, dat is'n halben Bankrott!
Gesine: Für Führer und Vaterland.

Klinkwordt: Verloorn Tiet! Mutt nu van vörn anfangen! Denk dar nich an, mien suer verdeentes Geld lichtsinnig op'n Kopp to haun.
Gesine: Dat is'n goden Standpunkt, un dar lött sik al wat mit anfangen. — Dar is de Bank, mien Bank! — Hier sitt ik gern, wenn ik Fieravend heff.
Klinkwordt: Alleen?
Gesine: Alleen.
Klinkwordt: Hebbt se kenen Fründ? So'n smucke Deern!
Gesine: Ik harr mal enen, aver de wull forts mit mi tobett gahn. Dar heff ik em gode Reis nah St. Pauli wünscht. Ik bün vörsichtig worrn. Mi dücht, de ut'n Krieg trüchkamen sünd, de hebbt nich jüst de besten Vörsätze mit nah Huus bröcht.
Klinkwordt: Kann wull angahn.
Gesine: Müß ik mi also ok seggen, as ik minen olen Fründ ut de Kinnertiet nah teihn lange Jahrn wedder bemöten dee. Aver — nu heff ik dat Geföhl — ik meen — wi schulln man geruhig wedder du to'nanner seggen' — Oder?
Klinkwordt: Goot! — Is al mennigeen heel un deel ut de Spoor geraden. Laat uns de Tiet vergeten!
Gesine: Un blot nah vörn kieken! — Hest' wull dacht, wat is de Deern grootsnutig worrn, nich?
Klinkwordt: Ik heff mi dacht, dar kunn sachs wull de junge Franz Alvermann Schuld an hebben.
Gesine: Ja, aver sien Vadder hett wull anners wat vör mit den eenzigsten Jung, mutt al'n Deern sien, de recht'n beten mehr mit över'n Süll slepen deit.
Klinkwordt: De Ool is krank, heff ik hört.
Gesine: Ja. He maakt dat nich mehr lang. Krebs?
Klinkwordt: Na! Denn steiht jo wiß nix in'n Weg, noch mal de Chefin to warrn. Dat Talent darto hest du sachs wull mitbröcht. Hest' di hier goot inarbeidt, weeßt mit allens Bescheed. Büst nich op'n Mund fullen, wenn dat Verhanneln losgeiht. De Ool

	schull sik freun, dat he di hett. Also? Du mußt dat weten!
Gesine:	Wenn di dat eendoont is?
Klinkwordt	*(überrascht):* Wat seggst du dar? — Wat heff ik darmit to kriegen?
Gesine:	Würklich gar nix? — Ik heff dacht —
Klinkwordt:	Wat hest du dacht?
Gesine:	Ik heff di doch dat Du wedder anbaden, Robert Klinkwordt! Bedüüd jüst so veel, dat du mi nich mehr gliekgültig büst.
Klinkwordt:	Ik glööv, di warrd dat nich gar to swaar fallen, twüschen Juniorchef un sien Muermann den paßlichen Ünnerscheed to finnen.
Gesine:	Un ik glööv, dat lött sik ännern! De Weg, de sik anbeden deit nah baben to kamen, wenn ik Franz Alvermann freen do, paßt mi nich! Mi is dat toweddern dat se mi nahseggen doot: kiek mal! De hett sik mal fein in't warme Nest sett!
Klinkwordt:	Dar is wat an! Hett sik aver al mennigeen keen Gedanken över maakt, op düsse Aart Karriere to maken. — un de annere Weg?
Gesine:	De is swarer, quäliger villicht, aver dat Geföhl höllt di den Nacken stief, du hest di nix schenken laten, du hest dat mit dien Kraft un Utduer dwungen. Aver alleen kann ik dat nich, Robert Klinkwordt! Du mußt mi darbi helpen!
Klinkwordt:	Ik?
Gesine:	Kort un goot — wat kickst du mi denn so verbaast an? — Ik meen, toerst mutt ik di helpen, dat du söß Semesters op de School kannst!
Klinkwordt:	Ach nee!
Gesine	*(eifrig):* Höör to! Ik heff noletzt dienen olen Rekter drapen van de Volksschool. Ik heff em fragt, wat he di för Chancen geben kunn, op'n Booingenieur to studiern.
Klinkwordt:	Nu segg ik gar nix mehr!

Gesine: Mi langt dat, wat he mi seggt hett. Du weerst goot in Düütsch un Mathematik, wat in unsen Fall jo de Hauptsaak is, nich!

Klinkwordt: In unsen Fall — ja ja. — Religion speelt keen Rull. Maakt'n veer, oder fief gar nix ut. — Wider?

Gesine: Dree van dien Kameraden, ok Franz Alvermann, sünd darmals nah Hamburg gahn un hebbt de Mittlere Reife nahhaalt, du büst bleben! Leider! — Ja ja, ik weet, Robert! Dien Mudder kunn di nich helpen. Aver de Rekter hett di blangbi in Algebra un Geometrie widerbröcht. He meen, du kunnst dat wull schaffen!

Klinkwordt: Ik mutt seggen — an di is würklich 'n Fürsorgehelferin verloorn gahn!

Gesine: Robert! Höör to! Ik heff mi dat so dacht: dat Geld för de dree Jahr geev ik di! Un wenn du nasten dien Examen mit Glanz un Gloria bestahn hest, ik meen, wat Franz kann, dat kannst du tweemal! Ja! Un denn — mit de Tiet, kummt dat Sülvststännigmaken ganz van alleen. Sotoseggen zwangsläufig!

Klinkwordt: Mit Glanz un Gloria! Hm!

Gesine: Na wat denn? Du schaffst dat bestimmt! Dat weer jo gelacht!

Klinkwordt: Mi is keen beten to'n Lachen tomoot, Gesine!

Gesine: Robert! Nu bitt ik di! Teihn Jahr Suldatentiet un Gefangenschaft sünd di nich mehr antosehn! Du hest di risch un stuur holen. Ik heff Vertroon to di!

Klinkwordt: Veel to veel, mien gode Gesine! Van den Wunnerboom Huffnung hest du mi 'n söten Appel afplücken wullt, aver dat is'n sure Quitt, de mi dat Muul tosamen trecken ward. Dat ik mien Examen würklich maken do, dat hest du doch forts mit inkalkuliert! Dree Jahr schall ik rüm-

	büffeln, mi den Kopp vullstoppen, alltiet de Angst in'n Nacken, du dröffst di nich blamiern. Ehr Reknung mutt opgahn, sünst kannst du di op'n Schietreis gefaßt maken!

Gesine: Robert! Dat is doch Unsinn! Ik meen dat goot mit di!

Klinkwordt: Mit dien Projekt meenst du dat goot un ik schall de Packesel spelen, de darmit op'n Barg rop kladdern mutt, wo du anfangen wullt to boon, jümmer wider to boon! Aver ik heff keen Lust, mien Leben lang för di rümtopuckeln, di bavento noch mien Dankbarkeit to bewiesen, dat ik dien Kompagnon sien dröff! För so'n Ehr heff ik keen Gesmack!

Gesine: Is jo dummen Snack! Elkeen Fro, de würklich wat för ehrn Mann över hett, süht dat alltiet gern, wenn he höger rop stiegen deit!

Klinkwordt: Ja ja! Den Startschuß op de Bahn giffst du af, un dat Nahhissen besorgst du ok, dat ik nich toslapen do, aver dat Rennen mutt ik ganz alleen maken!

Gesine: Ik geev di mien Geld, wat ik mi suer genog tohopen spaart heff, is dat nix?

Klinkwordt: Ne ne! So hebbt wi nich wett! Köönt jo nich all Architekt warrn, mit de Teeknung op de Boostell rümlopen! Dat mutt jo ok Muerlüüd geben, de dat tosamenbackt, wat düsse kloken Konstruktöre sik utklamüstert hebbt! Villicht warr ik noch mal Polier!

Gesine: Polier! Polier! Dat köönt anner Lüüd maken! Du kannst mehr!

Klinkwordt: Wenn di dat nich genügen deit, Gesine Bestmann, denn deit mi dat leed! Ik bedank mi veelmals för de gode Utsicht, dat se mi noch mal op jichdens Boostell mit'n Herzinfarkt wegdregen doot, de du tosätzlich mit dinen düchdigen Tungenslag

	ranhannelt hest, nah de Melodie to singen! Man to! Man to! Dat langt noch nich! Wi mööt noch höger rop!

Gesine: Du — du büst jo verrückt, Robert Klinkwordt!
Klinkwordt: Ne! Ik bün normal, mien gode Gesine! Dat lütt beten Leben is mi veel to leev! Teihn Jahr sünd mi stahlen, wat mi nu noch günt is, de Tiet schall nich lichtfarrig verspeelt warrn! Nehm di man Franz Alvermann in't Gespann, denn bruukst du keen Angst to hebben, dat dien Geld verloorn geiht, wat du in den lütten Muermann investiert hest! Villicht hest du Glück, un he nimmt di nich opletzt de Pietsch ut de Hand! So! Un nu wünsch ik di veel Glück to dien Karriere! — — —

Ehlers: Den Düwel ok! Hest' de Deern batz stahn laten mit den feinen Plan in de Schört! Harrst' blot totogriepen brukt. — Tjä! — Egentlich hett se dat doch wull goot meent mi di! Weeßt du — ik in dien Stell, wenn ik so veel Gripps in'n Kopp harr, düsse Chanc harr ik mi nich ut de Nees gahn laten!

Klinkwordt: Ik glööv, mit de Deern weer ik allmiendaag nich warm worrn.

Ehlers: Un wat is denn worrn?

Klinkwordt: För Gesine Bestmann weer ik van de Tiet blot noch Luft, un se hett mi dat jümmer wedder föhlen laten. As dat mit den olen Alvermann toend güng, harr se endlich wunnen Spill.

Ehlers: Worüm weer de Ool dargegen? 'n betere Kraft hett he sik doch gar nich denken kunnt in sien Geschäft?

Klinkwordt: Gewiß, aver he hett dat jüst so föhlt as ik, dat se de Boß sien wull un de Mann nix to melln hebben schull! Ik glööv, Gesine is een van de Froons, de dat nich öwerwinnen köönt, dat se

keen Mann worrn sünd un nu allens versöken doot, de veel diskutierte Emanzipation op den höchsten Punkt vörtodrieben!
Ehlers: Na na, ool Fründ? Geihst du dar nich 'n beten to wiet?
Klinkwordt: Kann sien, aver ik glööv dat nich!
Ehlers: Ik weet, dat gifft Froons, de wüllt de ole Mood ümdreihn, se wüllt nich mehr ünnen liggen! *(Muß lachen)*.
Klinkwordt: Op den Gedanken bün ik jüst nich kamen! Jedenfalls bün ik noch een Jahr bi Alvermann bleben. Franz, de middewiel sien Examen maakt harr, weer nu de Chef, sotoseggen in de twete Instanz. Gesine harr sik fastsett op ehrn Kontorsessel, neeg bi den besten Deener, de jümmer pratstieht: Dat Telefon. Op'n Matrialplatz lepen wi uns mal in de Mööt. Seggen mutt ik di noch, dat mien Schoolkamerad mi nich to sien Hochtiet inlaad hett! Op de List heff ik stahn, aver Gesine hett mi wedder utstreken! — Also dar hebbt wi uns mal bemött. — — —
Klinkwordt *(summt vergnügt vor sich hin)*.
Alvermann *(kommt):* Na Robert? Du büst jo bannig vergnögt!
Klinkwordt: Wat schull ik nich? Ik bün gesund, de Arbeit maakt mi Spaß, un ik heff dat gode Geföhl darbi, dat ik mien Geld ok ehrlich verdenen do! — Oder?
Alvermann: Deist du, Robert! Bestimmt! — *(Druckst herum)* Hm! — Wat ik man noch seggen wull —
Klinkwordt: Is dar wat?
Alvermann: Egentlich nich — un doch wedder ja! — Segg mal, Robert — hest du wat mit mien Fro hatt?
Klinkwordt: Ik? Nee! Wi hebbt uns goot kennt van de Scholltiet her. Se hett sik alltiet mit de Jungens rüm-

tagelt, kunn se sachs wull nich utstahn. Ik heff mi heel goot mit ehr verstahn. Weer jo ok acht Jahr öller. — Aver nich wat du denken deist! Nich de lüttste Spoor! Ehrlich!

Alvermann: Ik glööv di, Robert! Kunn se mi sogar bewiesen in de — na ja! Snackt wi dar nich över! — Dat is blot, wo kummt dat denn, dat se di nich mehr utstahn kann?

Klinkwordt: Och so! — Na ja, worüm schall ik di dat nich seggen! Se hett mi darmals den Vörslagg maakt op de School to gahn! Op ehre Kosten, versteiht sik! Un dat wull ik nich! — Van de Tiet an weer ik affunnen!

Alvermann: Hm! — Weer dat nich'n grote Dummheit van di, so'n Angebott uttoslagen?

Klinkwordt: Weeßt du, Franz — dat weet ik noch nich so recht!

Alvermann: Hm! — Dien Stolt hett dat nich tolaten! Weerst' di vörkamen as son Tohöller op St. Pauli!

Klinkwordt: So kann man dat ok seggen! — Un nu?

Alvermann: Mien Fro hett mi tosett —

Klinkwordt: Is al goot, Franz! Ik gah!

Alvermann: Paßt mi ganz un gar nich, Robert, aver —

Klinkwordt: Wenn de Fro dat so will! — Ik heff al wat in Utsicht! Kann bi de Firma Bentheim und Sohn as Polier anfangen! — Ja! As Polier! Du sühst, ik bün dar al bi, Karriere to maken! Denn bün ik'n ganze Autostünn ut de Sicht un keenen brukt sik an mi to argern!

Alvermann: Tjä! — Godes Tüchnis stell ik di ut!

Klinkwordt: Wenn du di sülvst achter de Maschin klemmem deist! Tjä! — Un wenn ik di noch'n gootmenten Rat geben dröff, Franz Alvermann: Lat di nich ünner'n Tüffel kriegen! Wenn de Mann 'n krummen Puckel kriegen deit, geiht sien Renommee vör de Hunnen!

Alvermann *(aufbegehrend):* Wat fallt di in, Robert Klinkwordt!

Klinkwordt: Oh! Süh dar! Dar sitt doch noch Mumm in di! Goot! Denn bruuk ik mi noch keen Gedanken to maken! *(Geht fort)* — — —

Ehlers: Du maggst dat aver seggen, ol Fründ! — Wo kummt dat blot, dat he di doch wedder instellt hett? As Polier sogar!

Klinkwordt: Teihn Jahr later, mußt du darbi seggen! Ik weer al verheirat, harr twee Jungens un jüst darmit anfungen, mi hier dat Huus to boon.

Ehlers: Un Gesine? Wat hett de darto seggt?

Klinkwordt: Paßt hett ehr dat ganz gewiß nich, aver Franz Alvermann weer al anfungen, den krummen Puckel wedder graad to maken! Op ehrn Sessel harr al annerseen Platz nahmen.

Ehlers: Ik weet mi to besinnen. De hübsche, junge Wittfru, de oplezt nah Soltau trocken is.

Klinkwordt: Is jo mit'n Wagen licht hentokamen, sik dar mal'n beten optowarmen, wenn em dat tohuus to kolt worrn is!

Ehlers: Ik verstah! Di bilütten ok, dat du rechttidig utstegen büst ut den Togg.

Klinkwordt: Du seggst dat! Gespüür mutt man hebben!

Ehlers: Büst du noch mal mit Gesine tohopen geraden?

Klinkwordt: Ja. Eenmal op'n Handwarkerball! Tolerant, as ik van Natur nu eenmal bün, heff ik ehr to'n Danzen opföddert!

Ehlers: Allerhand! Un se hett sik freut?

Klinkwordt: Denkst du! Se hett mi stahn laten as'n Monarch van de Landstrat mit'n Hoot in de Hand, un mi den Rüch todreiht!

Ehlers: Mann! Denn — denn —

Klinkwordt: Wat denn?

Ehlers: Denn hett se di jo würklich leev hatt, darmals!

Klinkwordt (perplex): W — wat hett se? — Och! Du büst jo verrückt!
Ehlers: Weeßt du — kummt ok vör, dat ik ganz normal bün!

Der Handwagen ist zu hören.

Ehlers *(geht einige Schritte):* Robert! Se kaamt!
Klinkwordt: Denn man to!
Ehlers: Madam Alvermann mit'n Handwagen ünnerwegens. Un tohuus hebbt se'n Admiral in de Garasch stahn! Wenn dat keen Notstand is! *(Knipst den Schalter an)* Noch keen Strom in de Leitung! Aver de Storm is mööd worrn, Robert Klinkwordt!
Klinkwordt: Buten, ja! Ik weet blot nich, wat hier binnen noch allens passiern deit!

Es klopft an der Tür.

Klinkwordt: Bitte einzutreten, meine Herrschaften!
Ehlers: Robert! Ik denk, du büst tolerant?
Gesine und Jutta *(treten ein).*
Gesine *(reserviert):* Goden Dag!
Klinkwordt: De Dag weer nich goot, aver — wat ik dar an doon kann!
Gesine: Mien Mann hett mi seggt —
Klinkwordt: Ik weet. Man een Glück, dat ik uthelpen kann!
Jutta: Nu sünd wi dar mit unsen Proviant, Unkel Klinkwordt! Ik heff Froonslüüd sehn achter de Gardinen, de hebbt sik meist den Hals afdreiht, as wi mit unsen Tweespänner vörbiklappert sünd.
Gesine *(muß sich räuspern).*
Jutta: Nix för ungoot, Mama!
Klinkwordt: Ik heff allens vörbereit in de Waschköök!
Gesine *(stutzt):* In — in de Waschköök?

Klinkwordt: Ja! In de Waschköök is dat jüst so sauber as hier in de Köök! Un to freern brukt Se ok nich! Ik heff goot inbött!
Ehlers: Ja. Mit Eierbriketts! Denn schall de Supp wull bald gaar warrn, Fru Alvermann!
Gesine: So so! Veelen Dank för de grote Ehr!
Klinkwordt: Dar nich för! — den groten Putt heff ik al henbröcht. Man keen Angst! De is sauber! As Nachputt is he nich bruukt worrn, ok nich to'n Swienfoderkaken!
Gesine: Is jo'n Notfall, nich! Mit mi köönt Se dat jo maken opstunns!
Jutta: Nu bitt ik di, Mama! Wi warrd uns bestimmt nich vergiften. Veelen Dank, Unkel Klinkwordt! Ik weet jo Bescheed in't Huus. Is doch nich dat erstemal, dat ik hier bün. Wi wüllt jo ok blot uns Supp kaken un keen Studien maken.
Gesine: Jutta! Keen Wort mehr!
Jutta: Gewiß nich, Mama! Wull ik ok gar nich.
Gesine: Lat uns gahn, dat wi de leidige Saak achter uns bringen doot. *(Geht einige Schritte. Dann):* Ik bedank mi ok för de Waschköök! Dat is jo wull de Endstation, wo wi anlangt sünd!
Klinkwordt: Ik weet nich? — Mi dücht, darmals al, op'n Handwarkerball, as ik minen Deener maakt harr — de Kuckuckswalzer schull jüst speelt warrn — dar hebbt Se de Nees hoch in'n Wind steken, mi den Puckel todreiht un mi stahn laten, as weer ik ut de Quarantäne utbraken!
Gesine *(resigniert):* Och, Robert Klinkwordt! Wat weeßt du darvan! Keen beten Ahnung, wat ik in Würklichkeit dacht un föhlt heff!
Klinkwordt *(perplex):* Wat — wat hest du dar eben seggt? — Nu verstah ik gar nix mehr!
Gesine: Hett jo doch kenen Sinn mehr! Uns Tog is wiederfahrt un du büst utstegen un hest mi sitten

laten! Müß jo so kamen, dat he op't verkehrte Gleis geraden is!

Klinkwordt: Dat is nich mien Schuld, Gesine Bestmann! Du hest Erste Klaß fahrn wullt un ik weer mit de Twete tofreden!

Gesine: Jutta: Wi hebbt keen Tiet to verleern! *(Geht fort).*

Jutta *(geht einige Schritte. Heimlich, beschwörend):* De Tog is doch wiederfahrt, Unkel Klinkwordt, un dar sünd noch twee tostegen! Is noch keen Endstation! *(Läuft schnell fort).*

Klinkwordt: Is noch keen — wat hett se dar denn mit meent?

Ehlers: Is dar wat, ol Fründ?

Klinkwordt: Frag du mi! Ik weet van nix! — — —

In der Waschküche.

Jutta: So! Is allens in'n Putt, wat dar rinhöört! Un kaken deit se ok glieks! Dat Water weer jo al heet.

Gesine: Dat erstemal, dat ik mien Eten in so'n Waschköök to Füer bringen mutt!

Jutta: Mußt' di ok mal an de Tweete Klaß gewöhnen! Kannst' di freun, dat Klinkwordt di nich den Swiensstall anwiest hett! So as du em behannelt hest!

Gesine: Wat heff ik?

Jutta: Ik weet allens, Mama! He wull nich so, as du di dat in'n Kopp set't hest. Hest' dien Projekt nich togang bringen kunnt. Wat bleev di anners över, un op de billigere Aart un Wies in de Erste Klaß ümtostiegen! De Leev weer dar wull nich in't Spill! Du hest van Anfang an dat Leit in de Hand nahmen, weerst de Chefin in't Kontor, un op de Boostellen hest du di ok mehr sehn laten, as dat mennigeen topaß wesen is.

Gesine: Dat letzte stimmt sogar, un dat weer ok nödig! Dien Vadder weer keen Geschäftsmann, veel to gootmödig, ok sien Lüüd gegenöver. Mit'n ganze

	Reeg hett he sik sogar duzt! Un dat hebbt se utnutzen wullt!
Jutta:	Mit de „ganze Reeg" hest du wull blot Klinkwordt meent.
Gesine:	Dat glöövst du! Ik heff alltiet de Ogen un Ohrn dar hatt, wo dat nödig weer. Dat uns Boogeschäft sodennig floriert, dat hebbt ji mi to verdanken!
Jutta:	Maggst' jo nich so ganz unrecht hebben, Mama, aver nah teihn Jahr hett mien Vadder den Kopp wedder hochkregen, di aflösen laten in't Kontor un Klinkwordt trüchhaalt!
Gesine:	Ja! He brukt mi wull nich mehr anschiens! Un wat dat mit siene Geschäftsreisen nah Soltau to bedüden hett, bruk ik di wull nich to vertelln!
Jutta:	Brukst du nich, Mama! Nu söcht he sik dat, wat he bi di nich funnen hett! Ik mutt mi wunnern, dat du överhaupt Mudder worrn büst!
Gesine:	Dat mutt ik mi van mien Dochter seggen laten! Dat is nu de Dank, dat ik mien gröttste Huffnung begraben heff un den annern Weg gahn bün, de eenfacher weer, aver mi nich topaß wesen is!
Jutta:	Mama! Hest du Robert Klinkwordt würklich leev hatt, darmals?
Gesine:	Dumme Deern! — Wenn so'n unbedarfte Deern as ik ehr opspaart Geld darför hengebn will, dat düsse Mann Karriere maken kann, mutt dar nich de Leev in't Spill sien? Dat he dat nich föhlt hett! Worüm hett he mi trüchstött?
Jutta:	Villicht hest du dat nich över dienen Stolt bröcht, düsse Leev em to wiesen? — Du hest mi doch verstahn, Mama?
Gesine:	Ik heff di verstahn, mien Deern!
Jutta:	Dat gifft Minschen, de billt sik in, se vergeevt sik wat, wenn se ehr Leev wiesen un bewiesen schüllt!
Gesine:	Harrst du dat beter maken kunnt, mien Deern?

Jutta:	*(stolz):* Ja, Mama. Ik heff dat sogar beter maakt! Un dar bill ik mi wat op in! Dat is mien Stolt!
Gesine	*(überrascht):* Du hest dat daan? — Deern! — Un he hett di dat dankt?
Jutta:	Doch! De dree Jahr gaht nu toend. Mit de Klausurarbeiden is mien — mien Robert al anfungen! Un he schafft dat! Bün ik gar nich bang üm, Mama!
Gesine:	Un wenn he dat nu doch nich schaffen deit!
Jutta:	De Boom fallt nich alltiet op den ersten Slagg! Op dat Bestahn — oder Nichbestahn heff ik mien Leev nich opboot! Un dat weet he ganz genau! Dar is keen Pietsch över em west, de em Dag för Dag föhlen laten hett: du mußt! Du mußt!
Gesine:	Jutta! Du büst mi över west! — Un wokeen is de Glückliche?
Jutta:	De Muermann Robert Klinkwordt junior!
Gesine:	Du leve Tiet! — Sien Jung!
Jutta:	Ja! Sien Vadder weet dar nix van af! Dat geiht blot Robert un mi wat an! Du weeßt doch, dat Herbert Klinkwordt Medizin studiern deit! Dar hett sien Vadder jüst genoog an to kratzen! Sien Huus hier, dat müß jo ok noch afbetahlt warrn!
Gesine:	Un dien Vadder? Wat seggt de darto?
Jutta:	Ik glööv nich, dat he wat dargegen intowennen hett!
Gesine:	Wat schull he ok!
Jutta:	Kiek mal nah buten, Mama! Klinkwordt hett den Handwagen mit Heu un wullen Deken utstaffiert, dat wi uns Supp warm to Disch bringen köönt! — Wat seggst du darto?
Gesine:	Is wull beter, mien Deern, ik segg em dat sülvst!
Jutta:	Dat glööv ik ok! Ik will wull oppassen, dat de Supp gaar warrd!
Gesine	*(verläßt die Waschküche, geht über einen kurzen Flur und klopft dann an die Küchentür).*

Klinkwordt *(in der Küche):* Keen is denn dat? Jutta kloppt doch nich an?

Ehlers: Gesine, nehm ik an! — De Storm hett sik to Roh geben, Robert Klinkwordt!

Klinkwordt: De Storm? — Kann wull angahn. *(Ruft)* Kaam rin!

Gesine *(kommt):* Velen Dank, Robert, dat du den Handwagen —

Klinkwordt: Och! Dar nich för, Gesine!

Gesine: Mien Tante is bannig krüüsch un hett alltiet wat to quesen. So ganz unrecht hett se jo nich. Ik bün an de Schrievmaschin groot worrn un nich an'n Kaakputt. Mien Jutta hett dar mehr Lust to. Is nu mal so.

Ehlers: Ik kiek mal nah buten, Robert. Mal sehn, wat mit dien Schuerdack los is. *(Geht nach draußen).*

Gesine: Robert?

Klinkwordt: Gesine?

Gesine: Dat weer würkliche Leev, darmals, as ik di helpen wull, mit mien Geld in de Erste Klaß ümtostiegen. Aver ik heff dat nich schafft, di mien Leev op de Aart to wiesen, de van de Mannslüüd beter verstahn warrd.

Klinkwordt: Harr ik di eenfach in'n Arm nahmen, weer denn allens — richtig west?

Gesine: Villicht!

Klinkwordt: Ik mutt di seggen, Gesine — diene Ogen hebbt mi nich darto Moot maakt!

Gesine *(etwas unwillig):* Schull ik mi di an'n Hals smieten as — as so'n Flittchen?

Klinkwordt *(nicht ohne Ironie):* Kunnst du wull nich.

Gesine *(bereut den angeschlagenen Ton):* Dat — dat is mi so rutflagen, Robert! — Deit mi leed!

Klinkwordt: Wi harrn beide wull kenen Strom in de Leitung, hebbt sachs wull in'n Düstern rümtappt! — Aver liekveel: wat wi versüümt hebbt, dat haalt uns

	Kinner nu nah! De Trost blifft uns, Gesine Bestmann!
Gesine:	Dien öllst Jung Herbert studiert Medizin?
Klinkwordt:	Ja!
Gesine:	Këßt di'n barg Geld?
Klinkwordt:	Ik schaff dat!
Gesine:	Un de Jüngste, dien Robert junior?
Klinkwordt:	De maakt nu bald sien Ingenieurexamen. Hett,n Deern an de Hand, de allens betahlen deit.
Gesine:	Is di de Deern bekannt, Robert?
Klinkwordt:	Gewiß! Aver ik laat mi nix anmarken. Wat de beiden tosamenhöllt, dat is wull de richtige Leev! De hebbt mehr Strom in de Leitung! Bi uns hett se veel to sinnig vör sik hen blubbert as dien Supp in de Waschköök. De Deckel weer to swaar un dat Füer nich stark genoog, dat se mal öllig överkaakt is!
Gesine:	Ik verstah di, Robert! Aver — dat warrd nu anners!
Klinkwordt:	Anners? — Nu noch, Gesine?
Gesine:	Du weeßt. mien Mann hett sik'n Fründin söcht! Wenn sien Hart dat man af kann, so'n junges Froonsminsch, nix anneres in'n Kopp as dat Leben uttokosten! Aver laat em! Ik denk mi dar nix bi! Wat he deit, dat kann ik ok, Robert! Ik meen —
Klinkwordt:	Wat meenst du!
Gesine:	Nu kiek mi doch nich so verbaast an!
Klinkwordt:	Och so! Du wullt di scheden laten?
Gesine:	Wat hest du dar eben seggt?
Klinkwordt:	Ik glööv, du hest mi verstahn! Wat denn sünst?
Gesine:	Ik schall mi scheden laten? — Ne ne! Den Gefallen do ik em nich! — Kannst du mi villicht garantieren, wo lang mien Mann noch to leben hett?
Klinkwordt:	Gesine! Dat sien Vadder darmals storben is, dat

	keem di gelegen. Schull di dat nu ok recht sien, wenn dien Mann —
Gesine:	Och wat! Tühnkraam! Ik wull blot seggen — wenn ik mi scheden laten do, weet sien Fründin, wat se to doon hett! Denn is se de drütte, de tietlebens mitteern warrd! Begrippst du dat nich, Robert Klinkwordt?
Klinkwordt:	Ik verstah di! Hest du allens mit inkalkuliert! Nich?
Gesine:	Du seggst dat so gediegen? Wat schall dat?
Klinkwordt:	Ik meen blot, op dat Flach büst du alltiet goot tohuus west. Bi den olen Alvermann hebbt wi noch mit fief Mann muert, un nu sünd dat goot un gern twintig! Respekt! Respekt!
Gesine:	Sühst du wull? Glöövst du villicht, darför laat ik mi mit'n Ei un'n Botterbrot affinnen?
Klinkwordt:	Bestimmt nich! Ein steiler Aufschwung, kann man wull seggen! Gar to steil för dienen Mann, Gesine! Dat hett sien Hart nich verkraften kunnt!
Gesine:	Kunn ik weten, dat he nich gesund is, Bün ik erst veel later achter kamen.
Klinkwordt:	Nu frag ik di, wat hett son Minsch darvan, dat sien Geschäft sodennig floriern deit? Lever in de Tweete Klaß reisen un gesund blieben! Un denn kann ik mi goot vörstellen, dat he nich ünner dat Geföhl tosamenbreken deit, sien Fro darför ok noch dankdar to sien!
Gesine:	Wenn du anners nix weeßt as to stichein, harr ik den goden Willn nich optobringen bruukt, mit di in't Reine to kamen!
Klinkwordt:	De gode Wille schall respektiert warrn, Gesine! Mußt' mi dat blot'n beten neger verklaarn.
Gesine:	Ganz eenfach, Robert Klinkwordt. Ik denk, wi hebbt noch wat nahtohalen?
Klinkwordt:	Nu höör mi mal goot to, Gesine Bestmann: wenn de meenst, ik schull di noch mal freen, denn

	bedüüd dat doch nix anneres, as mit Ungedüer op den Doot van dienen Mann to luern! Aver Franz Alvermann is mien Fründ, nich blot mien Chef, un ik heff em veel to verdanken! Du kannst nich van mi verlangen, dat ik dar mitspelen do!
Gesine:	Ik snack jo nich van Freen, tominnst nich in düssen Ogenblick! Aver — Wat mien Mann sik rutnehmen deit, dat kann ik ok!
Klinkwordt:	So hest du di dat dacht! — Weeßt du, annerseen in mien Situatschoon, de harr sik nich lang besunnen, denn du büst weetgott keen Froonsminsch, dat man erst'n Handdook op't Gesicht leggen mutt! — Aver —
Gesine:	Aver? — Nu segg doch — !
Klinkwordt:	Nehm mi dat nich övel, Gesine — in düssen Fall — *(knipst den Schalter an)* keen Strom in de Leitung!
Gesine	*(vollkommen ernüchtert):* Danke! — Is nu dat twete Mal — un dat letzte, segg ik di! — dat du mi'n Korv geben deist! Nu langt mi dat! Bill di man nix in op dien Standhaftigkeit! Ik heff di jo blot op de Proov stellen wullt! Oder glöövst du villicht, dat ik nich ahn Mannsminsch utkamen kann?
Klinkwordt:	Dat Geföhl heff ik van Anfang an nich hatt, Gesine! Wo de Verstand regeert, mutt dat Hart Aschenputtel spelen, un ik bün nich de Prinz, de dar wat an ännern kann!
Gesine:	Du — du büst jo verrückt, Robert Klinkwordt!
Klinkwordt:	Hest du al mal seggt — is al'n Tietlang her, un ik geev di den goden Rat, di darnah to holen! *(Sehr eindringlich)* Aver uns Kinner, de laat darbi ut't Spill!
Gesine	*(merklich mitgenommen):* Dat harrst du mi nich to seggen bruukt! *(Dem Weinen nahe)* De beiden

	schüllt dar nich ünner lieden, wat wi uns — wat wi uns vermasselt hebbt! *(Verläßt fluchtartig die Küche — die Tür fällt hart in's Schloß).*
Klinkwordt	*(betreten):* Hm! — *(Geht einige Schritte verhalten auf und ab — bleibt stehen — holt einmal tief Luft — dann):* Is dat so swaar, ut'n Minschen klook to warrn? — Gar keen Utsicht, hier doch noch mal'n Brüch to boon? Wat sää de Rektor man noch? — „Robert Klinkwordt! Erkläre mir eimal die Bedeutung des Fremdwortes Toleranz! Warum wird dieser Begriff angewandter Humanität von den Menschen viel zu oft mißachtet?" — *(Geht einige Schritte — knipst den Schalter an)* Is wedder Strom in de Leitung! — De Storm hett sik to Roh geben! — Worüm nich bi uns? — Worüm nich bi uns?

De letzte Besöök

De Sommer is vörbi. De Sünn hett keen Kraft mehr, hett dat Lachen verloorn. Mööd un muulsch kummt se 's morrns över'n Woold hochtogluurn, kriggt den Slaap gar nich so recht ut de Ogen. So'n lütten Bagen maakt se man över't Dörp, un ehrder de Lüüd sik dat besehn hebbt, krüppt se güntsiet de Wischen verdreetlich wedder to Puch. Un denn kummt de griese Daak över't Moor antosliken. Slurig staht de groten Kastannenbööm in'n Kring, un an ehr naakten Telgen lött he Stücken van sien nattkoolt Laken behangen, dat se sik schutern doot. Sachen drüppt dat op de Eer, jümmerto. Dat is meist, as wenn dat Tranen sünd. Is wull dat trurig Lengen nah de warme Sommertiet, nah lachen Sünnenschien un lustig Vagelsingen. Blot in de hogen Pöppelbööm achtern Möhlendiek, dar ruschelt dat ensenweg. Se köönt dat Tuscheln un Slutern nich laten, un de Heistern sünd den ganzen, langen Dag dar baven an't Schracheln in Spektakeln.

De Tiet is dar, dat de Monarchen sik bilütten ümsehn mööt, woneem se ünnerkrupen köönt. Slöppt sik opstunns nich mehr so moi bi Mudder Gröön.

De Hochtietsdag van Peter siene Öllern weer üm düsse Tiet. Denn geev dat jümmer Frische Supp mit Fleeschklüten. Dat röök rein so krüterig in't hele Huus. To'n Kaffe harr sien Mudder Pfördchen in de Pann backt. Darto geev dat hitten Grog ut Swarten Johannesbeersaft. Blot sien Vadder harr den Rumbuddel op'n Disch stahn, un Peter dröff den ok mal an sienen Läpel licken.

Keen Jahr vergüng, dat se an düssen Dag nich Besöök kregen. Pünktlich op'n Klockenslagg, wenn se sik an'n Disch sett harrn, güng de Huusdöörpingel. Sien Vadder smustergrien un stünn forts op, den Gast rintolaten. Un he säd: „Nu is he wedder dar, de Hehring!"

Un he meen den olen Heinrich Hehring, sienen Schollkamrad, nu al lange Jahrn een van de Stratenridders, oder Monarchen, as man se sünst wull nömen deit.

Heinrich Hehring tröck Jahr vör Jahr nah de Aarnt mit den Döschkasten van Hoff to Hoff, van Dörp to Dörp. He weer'n düchdigen Wrucker, aver nasten in'n Kroog stünn he ok sienen Mann. He weer sünst 'n grundgoden Kerl, kunn keen Deert un erst recht kenen Minschen wat toleed doon.

He keem ut dat sülvige Dörp neeg bi Bremen, an'n Ottster See, neem Peter sien Vadder ok her stammen dee. Se weern tosamen in de School gahn un harrn nasten ok tosamen bi de Eenunddörtiger in Altona deent.

Mit sien Fru weer he nasten böös to sitten kamen. In sien Unbedarvtheit keem he erst teemlich laat, dat se ok anner Kerls an de Hand harr. Van de Tiet güng he mehr to Kroog as dat goot weer. Dat duer gar nich lang, dar pack he sienen Rucksack un nöhm de Landstraat ünner de Fööt. Sien lütt Deern harr he trüchlaten. Wenn he ok den Globen verloorn harr, dat dat sien Kind weer, he harr doch veel van ehr holen. Ehr leevlich Bild drög he all de Jahrn in sien Hart, as'n Lücht in de Düsternis van düsse lege Welt.

He weer al teihn Jahr in de Frömm un baven in Peter sien Heimat op de Insel Alsen behangen bleven. Wenn dat nix mehr to döschen geev, güng he liekers van Hoff to Hoff, harr alltiet wat to Klütern un to pütschern, denn he weer'n anstelligen Kerl.

Drööp he malins siene Mackers in'n Kroog, denn sööp he sik vull un dull.

Wenn dat Fröhjahr keem, de erste Spreenvadder Quarteer nöhm un hoch baven in'n Beerboom an't Quinkeliern weer, denn keem ok över Heinrich Hehring de grote Unrast, dat Lengen nah jichdenswat, dat sik nich utspreken lött. Van sien lütt Deern kunn he nich loskamen, siene Gedanken weern alltiet bi ehr.

Jüst so oolt as Peter sien Vadder, eben över de Föftig weg, leet dat meist so, as weer he al söventig, mit sienen langen, witten Vullboort.

Peter sien Mudder sääd jümmer: „He kickt een an mit siene truschülligen Hunnenogen, as kreeg he nix as Tagels op düsse Welt. Un darbi hett he'n paar Hannen an'n Liev, dar kunn de gröttste Stänkerbütel dat Stillswigen bi kriegen. Aver villicht is dat'n Glück, dat he rechttidig van sien Fru afkamen is. Wat harr he mennigmal mit so'n Hannen anrichten kunnt, wenn opletzt mal de Raasch över em kamen weer!"

Dat he jümmer den sülvigen Dag opkrüzen dee, harr sienen goden Grund. He harr darmals as Trootügen van Peter siene Öllern de Gröne Hochtiet in Altona mitfiert. Se harrn sik veel to vertelln, de beiden Heinrichs, van fröher her. Un se freun sik ok wull, dat se mal wedder Bremer Platt mit'nanner snacken kunnen. Denn hier baven mit de Lüüd hackeln se blot Kantüffeldansk.

As he aver dat letzte Jahr bi jüm in de Döör keem, harr he sik bannig verännert. Kunn je wull nich angahn? Dat schull de ole Hehring sien? De segh jo op'nmal veel jünger ut! Harr kenen langen Boort mehr. Un Peter sien Vadder leet meist den Läpel in de Supp fallen: „Wat hebbt se denn mit di opstellt, ool Jung?" Un sien Mudder fröög verbaast: „Sünd Se döch de Jungmöhl dreiht? Se lacht jo över dat ganze Gesicht! Un wat Se sik fein maakt hebbt! Seht jo meist ut as so'n pangschoneerten Köster!"

Heinrich Hehring grien, aver dütmal nich in sienen Boort! Ne, den harr he sik heel un deel afnehmen laten. Weer nu glatt un schier in't Gesicht.

„Tjä! Wat glöövt ji wull, wat sik middewiel daan hett? Ik heff mi nich ümsünst so in Wix smeten. Wat denkt ji wull, mien Dochter schall sik doch nich schaneern, wenn se ehrn Vadder to Gesicht kriegen deit!"

„Dien — dien Dochter?" fröög Peter sien Vadder.

„Ja! Ik will verreisen!"

„Doch wull nich nah Otterbarg?"

„Aver gewiß doch, Heinrich! Nu höllt mi keeneen!" He stünn dar, as weer de Sünn, de dörch de Finsterruten schienen dee, blot för em dar. „Se hebbt mi doch inlaad. Mien Dochter un mien Swigersöhn! Tjä! Nu kiekt ji mi an! Dar is noch so'n lütten Krabauter, de gern sienen Opa Godendag seggen will!"

He fummel opgeregt in siene Taschen rüm un kreeg opletzt 'n Bild an't Licht. Siene Ogen, de lüchen, as harrn se all den Sünnenschien opfungen. „Nu kiekt ju dat man mal an! — Wat seggt ji darto? — Is dat mien Dochter? Oder is se dat nich?" Un darbi smeet he sik in de Bost as een, de dat grote Los wunnen hett.

„Is dat!" säd Peter sien Vadder un klopp sienen Kumpel op de Schuller? „is dat wiß un wahrhaftig! Heel un deel dien Snutenwark!"

Un Peter sien Mudder meen dat ok: „Dar gifft dat gar nix an to twiefeln!"

Hehring weer rein ut de Tüüt. Peter kreeg'n Tüüt vull Bontjes un 'n Tafel Schokolad in de Hand drückt, dar harr he lang goot van. Sowat geev dat nich alle Daag. Sien Vadder weer Schandarm un dat Gehalt weer man lütt, darmals.

Dat Snacken besorg Hehring meist alleen. Dar harr sik so veel tohopenstuukt in sien Bost, dat müß erstmal rut. „De Monarchentiet is nu toenn! Se bruukt mi tohuus! Se wüllt boon, un ik will jüm mit helpen, versteiht sik!"

Se snacken un vertelln noch'n Tietlang, denn harr he op'nmal keen Gedüer mehr, drück sien Frünnen un den lütten Peter jo wull,' halvdutzmal de Hand, bedank sik vör de veelen schönen Hochtietsnahfiern, un dat sien Kumpel, de Schandarm, nich eenmal op den Gedanken kamen weer, den olen Rümstrieker in't Lock to steken.

„Wüllt Se denn hüüt avend noch in'n Düstern nah Sonderborg?" fröög de Fru. „Is doch stickendüster twüschen de hogen Knicken!"

Aver he lach: „Och wat! Dat maakt mi gar nix ut, Fru Wachtmeister! Ik heff nu doch mien Licht, dat mi den Weg wiesen deit! Morgen avend bün ik bi mien Kinner!"

Un denn güng he los, un se keken em lang nah.

„Ik weet nich", meen de Schandarm, „ik heff so'n egen Geföhl in de Bost, as wenn dar jichdens wat op em luern deit, wat wi uns nich vermoden sünd!" — — —

Gode acht Daag later pingel avends dat Telefon. As Peter

sien Vadder nah de Köök rinkeem, huuk he sik forts daal, as harr em dat in de Been schaten. Un sien Gesicht weer so bleek as dat afsleten Waßdook op'n Disch.

„Heinrich Hehring sien Dochter hett anropen! He hett sik sodennig freut, sien Heimat un sien Kinner weddertosehn! Un nu hett he'n Slagg kregen! Is em wull nich günnt west, mienen olen, goden Kumpel! Hett em doch wull to dull mitnahmen nah all de Jahrn! — Kannst' dar nix gegen doon! Mußt' dat so hennehmen!"

Dat schulln Peter un sien Mudder ok bald gewahr warrn.

Weer keen halv Jahr vergahn, dar slöög ok bi jüm de Döör to — un se weern alleen!

Wat is de Minsch mit all sien Höpen un Spekeliern! Un doch is dat goot, nich to weten, wat hüüt oder morgen op em luern deit.

Therese un ehr Prinz

Dat güng op Middernacht. In de Möhl weer dat kolt. Ik harr jüst den letzten Sack Roggen op'n Rump schütt. Twölf Tweehunnertpundsäck harr ik al nah de Backstuuv rünner puckelt, to'n Anwarmen. Weer keen Vergnögen, dörch den hogen Snee de Stegel hendaal to stappen.

Scharp un kolt keem de Wind ut Nordost. Glieks nah'n Abendbrot weer he opkamen, harr so veel Sneedrieven mit sik bröcht, dat'n meist nich mehr över de Elv kieken kunn. De Hüüs un Katen op de Ossenwardersiet weern knapp noch uttomaken.

In dat grote Huus weer allens doot un düüster. De Deerns legen al lang in ehr warme Puch, un de Meister harr vör'n Halvstunnstiet de letzten Skatspelers rutlaten un de Gaststuvendöör toslaten. Ehr Lachen un Grölen klüng noch ut de Fern dörch den witten Daak. Denn weer dat wedder still.

Ik weer in de Möhl. Blot Prinz, de Schäperhund, mien beste Fründ un Macker, leet mi nich alleen, ok s'nachs nich, wenn ik bi de Möhl to doon harr. Weer al faken so west, dat de Wind erst gegen Avend opkamen dee. Ik müß denn op'n paar Stünnen Slaap verzichten. Ik weer nu mal Bäcker un Möller togliek. Lehrt sik allens mit de Jahrn.

Ik harr mi jüst so'n beten op'n Gassenschrootsack henhuukt un Prinz seet bi mi. Wi vertelln uns wat. Dar keem he op'nmal mit'n Kopp hoch, as harr he wat höört, leep nah de Möhlendöör un füng an to fiepeln un to drippeln, vull van Unrast.

„Wat hest du denn, Prinz? — is dar wat?"

Prinz keek mi an, as wull he seggen: nu laat mi doch rut! Höörst da dat denn gar nich?

Ik harr würklich nix höört. Aver ik möök em gau de Döör op, un mien Prinz stööv man so dörch den hogen Snee un den Diek hendaal.

Un denn wöör ik dat ok gewahr. Van de Elv keem dat her, un dat höör sik so an, as wenn 'n lütt Kind schreen deit. Mi leep dat kolt över'n Rüch. — Denn weer dat wedder still. Ik güng Prinz sien Spoorn nah un lüster in de Nacht. Op de Ossenwardersiet pingel jüst een an de Iesenstang, de dar an'n Wichelboom opbummelt weer, un denn rööp dar een: „Haal över. — Haal över!" Duer nich lang, dar pucker al van uns Siet dat Fährboot över de Elv. Ik stünn nu an de Diekskant un geev mi möh, mienen Prinz utfinnig to maken. — Dar höör ik dat Klagen wedder heel düütlich! Dat weer keen Kind! Nee. Dat weer 'n Katt!

Dar harr Prinz anners gar nix mit in'n Sinn. Bruuk sik blot mal een sehn to laten, denn weer he nich mehr to holen. Blot uns egen Katt in't Huus lööt he in Freden. Wenn se sik aver mal bi em ansmusen wull, denn Tröck he jümmer minnachtig den Kopp hoch. Aver wi harrn in'n Ogenblick keen Katt.

Ik müß mi wunnern, dat he gar nich anslagen dee. Blot sien Fiepen weer to höörn. He weer dar ünnen an'n Diek togang, as kunn he ganz un gar nich mit jichdens wat klarkamen. Gnurrn dee he ok al. Ik wüß, denn weer he argerlich.

„Prinz!" rööp ik, un de Wind slöög mi den Snee in't Gesicht. Dar geev he endlich Luut! Un denn keem he den Diek hochtokrupen. Dat weer 'n lütten Sack, wo he sik mit aftasen dee, un dar seet'n Katt in, de se enerwegens in't Water smeten harrn. Dat Klagen van dat stackels Deert greep mi an't Hart. Gau nöhm ik den klöternatten, ieskolen Bütel un möök, dat ik in de Möhl rin keem. ik kreeg mien Mest ut de Tasch un sneed den Bütel vörsichtig op, un wat dar rutkeem, dat weer 'n griese Tigerkatt, villicht 'n halv Jahr oolt, pitschennatt un meist verklaamt. Se leet ehrn Kopp op de Deel fallen un ehr Aten flöög man so. Prinz dribbel üm ehr rüm un wüß sik vör Unroh nich to helpen.

„Paß goot op, Prinz! Ik will gau de Möhl afstellen!" — Ik lööp de Trepp rop op dat Zwickgestell. Weer gar nich so eenfach, de Möhlenflögel to'n Stillstand to bringen bi den stieven Wind un dat asige Sneedriewen. Kunn meist nich ut de Ogen kieken. Jümmer wedder müß ik afbremsen. Endlich harr ik dat schafft un kunn de Möhl topassen. Gau de Trepp wedder rünner: „So, mien Prinz! Nu aver gau nah de warme Backstuuv, dat wi de arme Muschi opdaut kriegt!"

In de Backstuuv weer de Klock al nah twölf. Mit'n Handdook rubbel ik de Katt af. Se lööt sik allens gefallen. So bilütten keem uns Patschent wedder to sik, kreeg den Kopp hoch un keek mi an, geev ok mal'n Luut van sik. Op'n drögen Sack, neeg an'n Backaven keem se nu to Platz. Dar schull se wull wedder togang kamen. Prinz leggt sik glieks bi ehr daal un leet ehr nich mehr ut de Ogen, stups ehr af un to mal mit sien grote Poot un fiefel, as wull he seggen: „Du! Ik heff di rett! Wenn ik di nich höört harr, weerst du al lang to Ies fraarn!"

Ik lööp nah baven un möök in de Köök Melk warm. Wi harrn Glück, se leet sik nich lang nödigen un füng an to slappen, de ganze Schöddel rein bit op'n Grund. Lick sik'n paarmal över'n Boort un blinzel mi an, as wull se seggen:

51

„Hett mi goot daan! Schaßt ok veelmals bedankt sien! Gifft doch wull noch gode Minschen, wat?" — Un denn kuschel se sik neeg an de Backavenkacheln ran. Ik strakel ehr so'n beten un snack ehr goot to, dar füng se an to snurrn, meen wull: „Nu laat mi man! ik will dar nu wull mi klaar warrn!"

Ik knips dat Licht ut, un Prinz un ik güngen nah baven. Prinz harr sien Nachtlager op de Matt blangen de Heizung, neeg bi de Gaststuvendöör. Ik müß noch'n paar Treppen höger. As ik mi in mien kole Kamer uttrecken dee, füll mien Blick jüst op de Zeitung op'n Disch un ik lees: „Ein gesundes Mädchen ist uns heute geboren worden. Theres soll es heißen!"

So is dat kamen, dat wi uns Tigerkatt Therese nöömt hebbt, un se hett dar nix gegen hatt, hett dar jümmer nipp op höört.

Buten huul de Wind un de Snee dreev an mien Finster. Wiet ut de Feern van de Ossenwardersiet wedder dat Pingeln un denn de Roop: „Haal över! Haal över!" Lütt beten later dat Puckern van dat Motorboot.

Veel Slaap kreeg ik nich mehr, lööt mi allens noch mal dörch'n Kopp gahn, wat de Minsch mennigmal toweg bringen deit, wenn em Tiern to Last warrd. — — —

Den annern Morgen klock veer, as ik in de Bachstuuv dat Licht anknipsen dee, leeg Prinz op sienen Platz ünner'n Disch, wo de leddigen Mehlsäck opstapelt weern, un Therese harr sik dat twüschen siene Poten gemütlich maakt. Dat weer jo wull Leev op den ersten Blick mit de beiden. Un darbi bleev dat ok. — — —

Jeden Morgen pünktlich op'n Klockenslagg veer keem Therese de Treppen nah mi roptappt. Mien Slapkamerdöör harr ik alltiet 'n lütt beten apenstahn, dat Prinz mi wecken kunn, wenn dar s'nachts jichdens wat loos weer. Se spröng op mien Bett, füng an to smusen un bleev so lang bi mi, bit ik mi antrocken harr. Den Wecker harr ik nich mehr nödig, kunn mi ganz un gar op Therese verlaten. — — —

Dat weer 'n schöne Tiet mit uns dree. Wenn Therese mal nich dar weer, un ik säd to mienen Prinz: „Wo is denn Therese afbleben, Söök ehr doch mal!", denn möök he sik forts op'n

Padd un dat duer nich lang, denn keem he mit ehr an. Un wenn Prinz rümströpen dee, denn kreeg se van mi Bescheed: "Wo is denn dien Prinz afbleben?" — Denn trünnel Therese loos un keem bald mit em an't Huus. Un wenn se all beid weg weern, un dat duer mi avends to lang, denn güng ik sülvst loos un geev nich ehrder Roh, bit se all beid bi mi weern.

Aver so'n Tiern, de köönt blot'n korte Tiet bi uns blieven, ehr Leben is gar to gau toenn, se kaamt un gaht wedder, un wi mööt uns darmit affinnen, dat se nich mit uns utholen köönt.

So'n Jahrer dree weern dar wull över hengahn. Prinz harr sienen teihnten Bortsdag achter sik un Theres weer al'n halv Dutz mal Mudder worrn, wat to so'n lütt Kattenleben jo nu mal tohöörn deit.

Dar füng Prinz op'nmal an to süken. He freet nich mehr, keem gar nich mehr so recht van sienen Platz hoch, döös den ganzen Dag jümmer so vör sik hen. Weer keen Staat mehr mit em to maken. Therese harr dat ok al spitz kregen. Wenn se mi em spelen wull, denn lööt he sik dat blot 'n Ogenblick gefallen, keem langsam hoch un verkrööp sik in jichdens een Eck. As dat gar nich mehr mit antosehn weer, leten wi den Unkel Tierdokter kamen. De meen: "Tja. Gefällt mir gar nicht!

Ich fürchte, da wird nichts mehr zu machen sein. Alle Anzeichen deuten auf eine infektiöse Leberentzündung. ich werde ihm ein paar Spritzen geben!"

Un denn wies he op Therese, de nich van'n Placken gahn weer: "Die beiden sind wohl unzertrennliche Freunde, was? Ich fürchte, wenn der Hund eingeht, und das ist wohl mit Sicherheit anzunehmen, dann können Sie sich auf einiges gefaßt machen!"

De Dokter keem jeden Dag, aver mit unsen Prinz güng dat toenn.

"Es ist sinnlos, das Tier noch länger leiden zu lassen. Geben wir ihm die letzte Spritze!"

Ik nöhm mien Therese op'n Arm un slööt ehr in de Möhl in. Dat Kattenlock in de Döör heff ik toschott.

Ünnern Beerboom achter de Kegelbahn heff ik Prinz to Roh bröcht. Dat weer nattkolt. Över de Elv keem dat düüsterblau hoch. Weer Snee in de Luft.

As ik wedder nah de Möhl güng, seet Therese achter de Möhlendöör un blarr as 'n lütt Kind. Op'n Arm weer se meist nich to holen, weer so wull Unrast un Biesternis.

In de Backstuuv lööp se jümmer hen un her, snüffel an de Mehlsäck rüm, wo Prinz meisttiet legen harr. keek mi denn wedder so gediegen an un quark mi wat vör. Af un an lööp se nah baven. Ehr Klagen greep mi an't Hart. Se söch ehrn Prinz. opletzt keem se wedder bi mi an, sprüng op mienen Schoot, keek mi jümmerto an, dat mi dat arme Deert an to barmen füng. As ik mal to ehr seggen dee: „Wat is denn nu, Therese? Söchst du dienen Prinz?", dar weer dat rein ut mit ehr. Se lööp nah de Butendöör un wull mit Gewalt rut. Aver dat güng nu würklich nich. Buten stööv de Snee man so de Stegel hendaal, weer jüst so'n Nacht as darmals, as Prinz mit ehr ankamen weer.

Dar keem een van de Deerns nah de Bachstuuv rünner, wull ok mal nah Therese kieken. Dar kneep se mi ut, reis de Trepp nah baven, un as ik ehr nahjachtern dee, weer se al ut de Huusdöör, de jüst apenstünn, as uns Naver Rüter nah de Gaststuuv rin wull. — — —

Twee Stunnen heff ik in düsse rusige Nacht nah Therese söcht. De Spoorn in'n Snee güngen nah den Süderdiek. Ik wüß, dar harr Prinz faken mit'n annern Schäperhund rümdammelt, un van dar hett se ehrn Fründ wull faken nahhuus haalt. Aver de Lüüd harrn keen Therese sehn. Opletzt weern de Spoorn al lang toweiht.

Dag för Dag heff ik op ehr luert, heff söcht un fraagt. Aver Therese keem nich wedder. De hoge Snee harr allens todeckt. Ik weer wedder alleen.

Is doch'n wunnerlich Saak mit so'n Tiern! Gifft dar wölk van, de kannst nich wedder vergeten, un wenn du oolt un grau woorn büst.

Jan Lünk van de tweete Etaasch

Bi mienen Naver in de twete Etaasch, över de twete Dackrönn ünner de Pannen, Harr Jan Lünk sien Nest boot. 'n beten lichtfarrig weer he darbi to Wark gahn. Kunnst van ünnen glieks sehn, dat de verdammten Lünken sik dar breet maakt harrn. De ole Huuswert harr dat forts spitz kregen un mit de Fuust nah baven droht. Wat he an grave Wöör achteran schicken dee, kunnen Jan Lünk un sien Meta nich verstahn, aver de Toon harr jüm doch bannig to denken geven. De dorßen Twebener harrn jo so'n lang Gestell an de Wand hangen, dar kunnen se mit an't Huus hochkladdern. Un de Kaßbeern plücken de dar ok mit af, dat raffgierige Volk.

Gewiß, fröher weer dat noch leger west, dar harrn se meist alltohopen so'n Stück Iesen, dat hölen se sik an'n Kopp, un denn baller dat heel gräsig, un de Schrootköörn flögen jüm man so üm de Ohrn. Aver dat weer jo wull verbaden. Geev jo to'n Glück noch anstännige Minschen, de wat to seggen harrn.

„Is doch gediegen", meen Jan Lünk un krööp 'n beten neger an sien Fru ran, „uns armen Stackels köönt se nich utstahn, wüllt uns gar to gern den Hals ümdreihn, aver binnen in de Döns hebbt se so'n lütten Höhnerstall op de Kommod stahn mit'n gelen Lünk in, de jüm wat vörjibbelirn deit un darför heegt un plääegt warrd. Gröne un blaue gifft dat ok, hebbt jo twors 'n heel smuck Kleed an, aver den ganzen Dag is dat Volk an't Kreihn un Spektakeln as de Höhner. 'n beten wieder lang hebbt se sogor enen, de is jüst so groot as'n Düffer, mit'n langen Steert. Wenn de an't Sabbeln is, schußt meist glöben, de ole Plünnenhökersch Jule Reimers weer dar an't Zackeriern.

Katten geev dat anschiens nich mehr ganz so veel as fröher, kunst di noch vör bargen. De Katers weern jo veel to fuul, op Jagd to gaan. Een van Jan Lünk siene Bröders weer'n Dröömsteert west, den harr de Katt opfreten, harr sik later 'n Lock in'n Gaarn kleiht un den Rest van em dar rindünnert un mit de Poten sinnig wedder tokleiht.

To bieten geev dat noog, in de Gaarns de velen Rupen un Wörms, un in'n Höhnerstall dröpen sik all de Lünken ut de ganze Naverschaft. För den bullerigen Huuswert müssen se sik aver in acht nehmen. De füng glieks an to schimpen un smeet mit sienen hölten Tüffel, un wat he sünst noch faatkriegen dee. Aver se flögen op't Dack un dar kunn de afgünstige Kerl nich nahfolgen. Dat Flegen wull em nich glücken, liekers, he bi sien Gegröhl jümmerto mit de langen Flünken rümfuchteln dee.

Ganz dull in de Braß kunn he kamen, wenn se fröh an'n Morgen de Arvden nahsöcht harrn. Weer jo ok'n wunnerbare Kost, düsse söten Arvdenspitzen, wenn se jüst ut de Eer rutkamen doot. Ja ja, Lünkenspargel, dar weern se bannig scharp op. Wat hebbt se nich allens opstellt, jüm dat to verwehrn. Bunte Fahnen hebbt se över de Beeten spannt, de wölken ok Saagspöön över de Arvden streut. All so'n dummerhaftigen Heidudelkraam. Mußt blot över lachen. Aver denn weern se bikamen, de olen Knickstäwels, un harrn dar Stellaschen över leggt mit Kükendraht. Dar weer dat ut mit dat Spargel steken.

„Se günnt uns gar nix", meen Jan Lünk, „darbi weet se heel goot, dat wi uns doch betahlt maken doot. Se streut nu jo allerwegens Gift röver gegen dat Ungeziefer. Lat se! Op't End vergifft se sik sülvst noch mal mit den Aaskraam!"

Se wullen jüst wegflegen, dar kummt dar so'n groten, stinkigen Kasten antorötern op'n Hoffplatz. De dar ruttokrabbeln keem, dat weer de Söhn van den Huuswert.

As Jan Lünk nah'n korte Tiet mit'n snavel vull Metten antoflegen keem, un op de Kant van de Dackrönn sitten gahn wull, kreeg he'n bannigen Schreck. De Metten trudeln op de Dackpannen rünner. Wat he dar to sehn kreeg, dat weer gräsig. De dorße Kerl weer op de Ledder kladdert un füng nu an ünner de Dackpann rümtograbbeln, wo Jan sien söven Kinner an't Schilpen weern. Dat ganze Nest, wat he un sien Fru mit so veel Möh un Leev warm utpolstert harrn, dat keem nu ruttoflegen un fludder nah ünnen hen op'n Hoff, un de armen, lüttjen Kinner achteran. Dat weer to veel för Jan Lünk. He keem opgereegt antoburrn un wull den infamtigen Mörder to Kopp. He reet den Steert hoch un drück, wat he man kunn. De Kerl füng dull an to flöken: „So'n verdammten Swienkraam! Schitt mi dat verdammte Beest doch mirrn op de Nees!" He harr nu erstmal noog mit sien Snuuvdook to wischen un to pusten.

Jan Lünk weer gau nah ünnen flagen un hüpp nu opgeregt twüschen siene armen Kinner rüm un slöög mit de Flünken. Dar legen se, de halvnakten Stackels mit den gelen Snavel. De ole Huuswert harr al mit siene groten Fööt dar op rümperrt un weer nu mit'n Riesbessen togang, den Rest van de Lünkentragödie in de Mülltonn to bestatten.

Jan Lünk un sien Meta müssen sik dar mit affinnen, seten baven in de twete Etaasch op de Dachrönn un beschilpen sik dat, wat nu wull to doon weer. Annerwgens hentrecken wulln se nich. Hier baven gefüll jüm dat nu mal veel to goot. Da Dackrönn op jümehr Siet weer öllig wat utbuult, un wenn dat regent harr, bleev dat Water dar 'n ganze Tiet in bestahn. Geev dicht bi de Döör genoog to drinken un wenn se baden wulln, bruken se sik nich mit de annern Lünken to strieden. Ne! Se wulln glieks morgen, wenn de grote Smart afklungen weer, darmit anfangen, sik nee intorichten.

Lünken laat sik nich so licht ünnerkriegen. Dat kann noch so hart op jüm tokamen, se kregen den Kopp gau wedder hoch. Dat Lünkenleben weer nu mal to un to schön.

Dat duer keen fief Weken, dar kickt de Huuswert nah baven un fangt an to schimpen: „Verdammt noch mal! Dat is jo wull nich to faten! Hebbt de verdreihten Lünken al wedder 'n nee'e Tucht anleggt! Dat Volk is jo wull gar nich beet to kriegen!" — — —

Jan Lünk un sien Meta harrn Fieravend maakt un seten op jümehr Veranda. Se weern heel glücklich. Un se dachen, schimp du man to dar ünnen! Du warrst di wahrn, nah de twete Etaasch roptokladdern. Büst jo veel to oolt un stiev! Noch eenmal so'n Överfall, denn schaßt du mal wat beleben!

57

Lünkenleben is'n fein Leben, wenn se man tofreden laten warrd. Un denn erst, wenn se ehrn groten Urlaub maken deen nah de Aarn, wenn de Kinner all groot weern. Denn harr de lebe Gott den Disch rieklich deckt. Op'n Felln, twüschen de Hocken, in de Kaßbeerbööm un in de Flederbeernbüschen. Mit de Spreen kregen se sik faken in de Feddern, aver wenn so'n fette Spree sik ümdreiht harr, weer Jan Lünk al wedder wegburrt.

Dat vele blanke Geflatter, wat de Tweebenigen dar ophungen harrn, weer jo to'n Lachen. Bieten dee dat nich, dat harrn se bald klookkregen.

Un nasten in'n Harvst mit all de velen Süstern un Bröder tosamen achter de Wienranken an de Huuswand to sitten, sik allens to beschilpen, wat se de ganze Saison över beleevt harrn, dat weer to un to schöön. Gewiß, bleev nich ut, dat se sik dennig darbi dat Vertöörn kregen, mennigmal so dull, dat de ole Tante över jüm dat Finster opreten harr, un veel stinkig Water weer denn över de Wienranken rünnerdrüppelt. Aver dat möök jüm wieder nix ut. Se dachen sik nix darbi, wenn de Drossel minachtig den Kopp hochbööm dee un to verstahn geev: Pack sleiht sik, un Pack verdriggt sik! — — —

Den annern Morgen al, Jan un sien Meta wulln gau mal nah'n Höhnerstell un fröhstücken — Gassengrütt för de Küken müchen se ok — dar kregen se dat op'nmal spitz, dat de ole Huuswert mit de Ledder ünnerwegens weer.

Wat denn nu, dach Jan. He warrd doch wull nich? De mit siene möörn Knaken op de olen Daag noch mal lichtsinnig warrn?

Jan Lünk verfehr sik. „Meta! dat is jo wull nich to faten! Kiek di dat mal an! De will uns Kinner an't Leben! Dat laat wi nich to. Gau rop nah uns twete Etaasch! Wi mööt em möten! Wi laat uns doch nich allens gefallen!"

Jüst vör ehr Veranda baller dat hölten Dings gegen de Dackrönn, un nu keem de Ool wahrhaftig de Ledder hochtokladdern, hööl sik mit de linke Hand an de Ledder fast un wull jüst mit de anner ünner de Dachpann griepen.

Jan geev Meta korten Bescheed un denn flögen se beid op den griesgrimmeligen Kopp to, de as so'n utwussen, verspaakten Blomenkohl vör jüm opdükern dee, un spektakeln darbi sodennig, dat de Ool sik bannig verjagen dee un mit de een Hand an to weiharmen füng, de jüst nah de Kinner griepen wull. He kreeg dat Rutschen, de Ledder flöög an de Siet, bleev an dat Baadstuvenfinster behangen.

Aver de Ool kunn sik nich mehr holen, koppöver drudel he nah ünnen un slöög hart op de Steenplatten daal, bleev liggen un röög sik nich mehr.

Dar keem al de Swiegerdochter ut de Döör ruttostörken, un van den Larm, den se maken dee, kemen ok de Naverslüüd antolopen. Dar stünnen se nu alltohopen üm den olen Mann rüm. Un de ene Naver säd: „Tjä! Nix mehr to maken! Wat hett he aver ok mit siene tachentig Jahr op son hoge Ledder rümtokladdern!"

Un een van de Froonslüüd meen: „Blot wegen de paar Lünken! De armen Tiern wüllt doch ok leben! Warrd so veel Weeswark maakt üm den Schaden, den se anrichten doot, un wenn dat Jahr rüm is, sünd de Inmaakglöös doch all wedder vull in'n Keller!"

Wat denn noch allens dar ünnen vör sik gahn dee, hebbt de beiden Lünken gar nich mehr mitkregen. Se harrn keen Tiet, müssen sik spoden, jümehr twete Kinnertucht satt un groot to kriegen. Dat weer jo noch lang nich de letzte! — — —

Dree Daag later kemen allerhand swarte Wagens op'n Hoffplatz antostinken un all de velen Twebener harrn swarte Kledaschen an un de Kerls bavento noch'n gnäterswarten Ammer op'n Kopp stülpt. Weer jo wull de neeste Mood, dach Jan Lünk, de op sien Veranda seet un sik dat Blickspill ankieken dee. He harr jo erst twee Sommer un twee Winter mitkregen op düsse Welt.

Se harrn dat nu doch schafft, de beiden. In Roh un Freden kunnen se mit de velen Kinner ut te twete, ut de drütte un de veerte Tucht ehr lütt Leben op't best geneten.

Denn uns Herrgott lött ok de Lünken wassen un sik vermehrn. Warrd seggt, dat Volk hett doch gar to dull överhand nahmen, aver — seggt se dat ok nich van de Twebenigen? Un de freut sich doch alltohopen, dat se leben köönt, liekers dat darbi heel ünnerscheedlich un mennigmal gar nich gerecht togahn deit.

Op de een Siet de buntklöörten Vagels un op de annere de eenfachen griesen Lünken, wo mennigeen heel minnachtig Stratenpöbel to seggen deit.

Ganneff un Pollo

Is nu al mennigeen Jahr her, aver vergeten heff ik di nich, Hein Klüth, un diene beiden goden Frünnen ok nich, Ganneff un Pollo. Ik seh di noch in dien lüttje, komodige Dönz an'n Disch sitten, den Blackputt vör di un den Posenstehl in dien brede Muermannshand. Un du keemst dar nich van free, dien Jungens to schrieben, jüm weten to laten, wat sik hier todragen harr, dat diene beiden Mackers nich mehr bi di sünd, dat du se vörgüstern in dienen Gaarn ünner den groten Kaßbeerboom to Roh bröcht hest. Un dat meist all de Kinner darbi west sünd, de jümmer gode Fründschaft holen hebbt mit de beiden groten un doch so gootmödigen Bernhardiner, de keeneen in't Dörp vergeten warrd.

Hein Klüth is al lang Rentner. He hüüst ganz alleen in sien lütt Huus butendörps. Sien Fru is al lang doot un siene beiden Jungens sünd al'n paar Jahr in Süddüütschland, wüllt sik dar Geld verdenen, dat se nasten wieder kamen doot. De een is Muermann, will noch mal in Buxtehud op'n Booingenieur studiern. Un de annere is Feinmechaniker, un hett sik nu ganz op Radio un Fernsehn ümstellt un spezialisiert.

Hein Klüth will sien Jungens gern mit helpen. Sien Rente is nich sünnerlich hoch, darüm hett he sik vör'n Paarjahrstiet 'n lütten Wagen anschafft un treckt dar nu mit van Huus to

Huus, van Dörp to Dörp. He hannelt mit Eier, mit Höhner un Aanten, Göös un Puters, un wat dat sünst noch allens gifft.

Dat weer'n Tofall, dat he enerwegens mal twee Bernhardiner köpen kunn. As de beiden, Ganneff un Pollo, ranwussen weern, hett he de staatschen Tiern vör sienen Wagen spannt.

Keen nu denken deit, dat weer Tierschinneree un müß verbaden warrn, de hett sik düchdig irrt. So vull laad weer sien Wagen nu ok wedder nich, denn he lööp op Gummirööd un de Straten weern glatt un fast. Bavento müß he faken anholen, dat de beiden veel Tiet harrn, sik to verpusten. Un to freten kregen se genoog, denn Hein Klüth weer keen Giezknaken. Ne ne, de beiden Hunnen weern sien Een un Allens. Sien Kundschaft ünnerwegens un de Kinner erst recht, de harrn alltiet wat Godes för jüm praat.

Wenn Hein Klüth bihuus weer, ströpen Ganneff un Pollo to Dörp un harrn nix anners in'n Sinn, as sik dar optoholen, wo de Kinner an't Spelen un Rümdalvern weern. Se leten sik allens gefallen, un wenn de lütten Krabauters op jümehr breden Puckels rieden wulln, denn möök jüm dat gar nix ut.

Wenn se mit ehrn Herrn ünnerwegens weern, meenen de Kinner: „Wenn Ganneff un Pollo nich darbi sünd, maakt dat gar kenen Spaß!"

Un de Öllern freun sik, wenn se för de Kinner twee gode Oppassers harrn, wo sik so licht keen Butjers rantroon deen. Löpen opstunns jo so vele Gestalten rüm in de Gegend, de dat op Kinner afsehn harrn. Kunst dat jümmer wedder in de Zeitung lesen.

As de Kinner mal op Jochen Ramke sien Brachlandkoppel togang weern, se tasen sik dar mit'n Football af, kemen dar twee Halvstarke vörbi, de keken sik dat Spillwark 'n Ogenblick an un füngen denn dat Sticheln un Strietmaken an. Se harrn dat anschiens op den schönen Football afsehn von Jonny Dierks. Aver de leet sik nix gefallen un wehr sik. De annern Kinner schimpen un möken Spektakel, aver keeneen troo sik, gegen de beiden Slööksen antogahn.

Ganneff un Pollo, de so'n beten afsiets in't Gras legen harrn, weern al hochkamen un kemen neger ran. Ganneff füng al an to gnurrn. Jonny höör dat, un denn bölk he los: „Ganneff. Pollo! Faß!"

Un denn weer dat so wiet! As so'n paar wille Tigers güngen se op de beiden Jungkerls los. De Kinner füngen luuthals an to schreen un Jonny kreeg dat nu doch mit de Angst un bölk: „Ganneff. Pollo! Zurück! bei Fuß!"

De beiden harrn noch mal Glück hatt. De beiden Hunnen leten forts van jüm af un gnurrn blot noch. Se harrn sik doch asig verjagt un weern krietwitt üm de Nees. Dat duer keen Minut, dar kunnst' in den Stoff op de Chassee blot noch den Achtersteven van de beiden Utrieters utmaken. Sodennig hild harrn se dat kregen.

De Kinner freun sik un danzen as unklok, un dat Gestrakel wull gar keen End nehmen. Alltohopen müssen se nu Ganneff un Pollo wiesen, wat se van jüm holen deen.

Den annern Dag güng düsse Geschicht van Huus to Huus, van Dörp to Dörp. Hein Klüth, de mit sienen Wagen ünnerwegens weer, müß sik jümmer wedder mit anhöörn, wat för'n Glück dat doch sien kunn, so'n paar gode Polizisten as Frünnen to hebben. För de beiden weer dat'n Festdag. Överall kregen se wat tosteken. Kunn jo würklich nix Leges passiern, wenn de beiden darbi weern un oppassen deen. — — —

Aver denn keem he doch, de swarte Dag, denn keeneen vergeten warrd. De Geschicht van de beiden Halvstarken, meist to'n Högen, leeg al'n paar Jahr trüch.

Twee Deerns weern bi ehr Fründin op'n Dörpen to'n Gebortsdag. Dat weer'n ölligen Weg to gahn, se müssen sogar noch'n Stück dörch dat Holt.

Ton Afsluß harr dat noch Kakau geben un Würstchen mit Kantüffelsalat. Sowat geev dat jo nich alle Daag. Dat weer noch helligen Dag, aver as de beiden Deerns dörch dat Holt op'n Weg nahhuus hen weern, keem jüm dat doch bannig schummerig un unheemlich vör. De lütte Meta, jümmer so'n beten wat angstig, meen: „Harr ik blot mienen Vadder

Bescheed seggt, denn harr he uns mit'n Wagen afhalen kunnt. Ik heff al faken höört, dat mennigmal lege Kerls ünnerwegens sünd, de mit lütte Deerns wat ganz Slechtes vörhebbt. In't Fernsehn hebbt se dar ok al över snackt, wi schulln uns man jo nich van so'n Unkel mitsnacken laten."

Meta ehr Fründin weer nich so banghaftig un lach ehr wat ut: „Och! Wat du hest! Keen schull uns hier wull wat doon, so neeg an't Dörp! Kiek mal! Hein Klüth sien Huus kann ik al sehn! Laat uns man gau tolopen!" — — —

Hein Klüth seet buten op de Bank un harr sik de Piep ansteken. Ganneff un Pollo harrn sik dat ok komodig maakt. Öwer jüm, ünner den groten Kastannenboom weern de Scharnbullen an't Brummen. De beiden Hunnen pliern nah baven. Mit'nmal harr sik een op Pollo sien Snut daalsett. Dar weer he gar nich mit inverstahn! So'n kribbeliges Stück Vehtüch! He lang eben mal mit sien grote Poot to, un nu leeg de lütte Gast vör em in't Gras un röög sik nich mehr. Pollo snüffel dar so'n beten an rüm un slacker mit siene groten Ohrn. Ton Verspiesen weer dat nix! Veel to mickerig! Harr jo den ganzen Buuk vull Lüüs sitten. Pollo müß sik noch mal schütteln.

Hein Klüth amüseer sik över dat Blickspill. He weer heel un deel vergnögt, denn vandaag harr he meist twölfhunnert Eier verköfft un teihn Hähnchen. Weer jo ok Sünnavend, un denn wüllt sik de Lüüd ok mal'n Ei günnen.

Dar kummt he op'nmal hoch van sien Bank un lustert. Harr dar nich jüst een luuthals schreet? Van't Holt keem dat her. Ok de beiden Bernhardiner weern forts in de Been kamen.

„Dar stimmt wat nich!" brummel Hein Klüth. „Dat is doch'n lütte Deern, de dar bölken deit! De Kraam kummt mi doch bannig gediegen vör! — Ganneff! Pollo! Los! Dar mööt wi glieks op daal!"

Un denn sünd de dree ünnerwegens. De beiden Hunnen loopt vörut. Se sünd al neeg an't Holt ran, dar kummt jüm de Fründin van Meta mit flegen Haar in de Mööt lopen. Se winkt mit de Arms un schreet, is rein dörch'nanner. „Vadder Klüth! Vadder Klüth! Dar weer'n Kerl, de is op uns daalgahn! Mi hett he vör de Bost stött, dat ik henfullen bün. Un denn — un denn hett he Meta in'n Busch rintrocken!"

De Deern steiht nu vör em un is heel un deel ut Verfaat. „Nu beruhig di man, lütt Deern!" begööscht Hein Klüth un strakelt ehr över't Haar. „Loop gau nahhuus un segg de Polizei Bescheed. Wi wüllt den Kerl wull noch faatkriegen!"

Ganneff un Pollo sünd al in't Holt verswunnen. De Ool hapacht achteran, so gau as dat geiht, denn de Jüngste is he jo leider nich mehr. Achter Krattholt un Barkenbusch hööRt he Meta för dull schreen.

Hein Klüth kloppt dat Hart bit in'n Hals, as he sik dar hendörch quälen deit. Un nu hööRt he de beiden Hunnen. Dat hööRt sik gräsig an! Du leve Tiet! Anschiens hebbt se den Kerl faatkregen. He wööRt sik dörch dat Gestrüpp. Dar süht he de Deern in't Gras liggen. Se is anschiens beswiemelt. As Hein Klüth sik bi ehr daalhuken deit, kummt se to sik un is op'nmal heel glücklich un tofreden.

„Lütt Deern! Meta! Hett de Kerl di wat daan?" fröögt he un süht nu, dat de Kleder van de Deern tweireten sünd.

„Wat'n Glück, dat se kamen sünd, Ganneff un Pollo", fangt se tögerig an to vertelln. „Wat sünst wull mit mi schehn wöör — ik magg dar gar nich an denken! Wat hebbt se den Kerl toricht, Vadder Klüth! Ik müch gar nich mehr henkieken!"

„Aver woneem sünd se denn afbleben, de Kerl un de beiden Hunnen?"

„Dat weet ik ok nich! He is weglopen un Ganneff un Pollo achteran. So dull in Raasch heff ik de beiden noch nich sehn, Vadder Klüth! — Aver denn keem mi dat so vör, as wenn se op'nmal jaulen deen!"

De Ool kickt ehr groot an un kriggt dat mit de Angst, de as'n kole Snaak an em hochkrupen deit. „Jault hebbt se, Meta? Hett de Kerl schaten?"

„Ne! Ik heff nix hööRt! Aver'n ganze Tiet lang hebbt se jault. Un denn is dat still worrn!"

„Wenn dat man goot gahn is! Ik hööR ok nix mehr! — Meta! Du löppst nu forts nahhuus, ja? Un wenn du de

Polizei ünnerwegens bemöten deist, vertell jüm, wat du beleevt hest! Ik mutt nu so lang söken, bit ik se funnen heff!"

„Ik loop, so gau as ik man kann!" antert de Deern. Un denn is se al ünnerwegens.

Hein Klüth lüstert noch'n Ogenblick. — Dar weer doch wat? — As wenn een Minsch in deepste Angst un Pien stöhnen deit.

Een Minsch! Ja! So weer dat. Aver siene beiden Mackers, de sünd nich mehr to höörn!

He kröpelt sik wieder dörch Krattholt un Farnkrut. Un blifft op'nmal batz stahn. Dar liggt'n Kerl in't Gras un röögt sik nich. He is dull toricht, hett anschiens veel Bloot verloorn, dat süht de Ool op'n ersten Blick. Ganneff un Pollo hebbt düchdig tolangt. Aver — woneem sünd siene beiden Mackers denn afbleben? — Dar süht he dat Mest blangen den Mann liggen. Een düüster Ahnung krüppt in sien Bost hoch. He grippt nah sien Bost, he bölkt: „Wat hest du mit de beiden Bernhardiner maakt, du Swienjack?" — Aver de Kerl antert em nich.

He bruukt nich lang to söken, dar findt he de beiden, dicht bi'nanner, twüschen dat Farnkruut, dat wittbrune Fell vull van Bloot. Se röögt sik nich mehr. De Mann hett sik oplezt to wehrn wußt in sien Noot.

Ok uns Tiern hebbt dat mennigmal verdeent, dat wi jüm 'n Denkmal setten doot. Tominnst in uns Hart! Un dat vergeet wi nich!

De Kuckuck von Wiebeck

Dat geiht op Fieravend. In de Schrievstuuv van de Wiebecker Hannelsmöhl sitt de Bookholler Nottebohm an sienen Disch, olt un verdrögt.

Dar kummt unverwahrns de Chef rintopedden, de nee Baas van de Möhl. Groot un stuur steiht he dar, antokieken as so'n Gootinspekter, de fröher to Fritz Reuter sien Tiet dat Leit in de Hand harr, wiß nich to'n Vergnögen van de Knechen un Daglöhners.

„Wo is de Ober!" seggt he kort un basch. „Narrns is de Kerl to finnen! To'n Kotzen is dat, wenn man achter sien Personal ranlopen mutt!"

Nottebohm kickt van sien Arbeit hoch, över de Brill weg, un denkt: „De hett wull noch jümmer in Gedanken sien Hauptmannsuniform an!" Seggen deit he aver: „Enerwegens mutt he jo sien, Herr Mohr!"

„Mutt he! Mutt He!" ballert Ott Mohr los. „Deit he aver nich, verdammt noch mal!"

„Nu bölkt Se man nich glieks so los", Begöscht Nottebohm. „De ole Mohr is man eben erst ünner de Eer un sien Jung maakt hier so'n Skandaal! Sünd wi hier gar nich wennt."

Klatsch, klatsch! maakt de Rietpietsch gegen de langschäftigen Rietstäwel. „So so! Sünd ji hier nich wennt! Dat glööv ik! Harr wull nich lang duert, denn weern ji hier bilütten toslapen, wat?"

„Toslapen, Herr Mohr? Is dat nich n' beten överdreven? Kiekt Se sik doch mal de Böker an! De wiest dat sachs wull ut, dat wi hier nich slapen hebbt."

Ott Mohr mutt mal dröög dalsluken, aver denn hett sienen Ton wedderfunnen: „Se sünd wull keen Suldat west, Nottebohm?"

„Ik? Nee. Ik heff noch kenen Minschen dootschaten. To so'n hillige, patriotische Saak weer ik nich to bruken, Herr Mohr. 'n paar Lüüd müssen jo ok bihuus blieben, dat ji vörn an de Front wat to bieten harrn, nich?"

Ott Mohr kickt den Olen an, knippt de Ogen so'n beten to un seggt: „Kummt mi meist so vör, as wenn Se Kommunist sünd, Hebbt sik wull van den Obermüller ansteken laten?"

Nottebohm grient so'n beten un antert: „Robert Klinkwordt 'n Kommunist? Kann ik mi gar nich vörstellen! Aver nah mienen dummen Verstand mutt ik seggen: Dat gifft so vele Millionen van düsse Lüüd, dat köönt doch nich alltohopen Idioten sien! Nich?"

„Ik bün nich herkamen, mi hier so'n Opagebabbel mit antohöörn! — Höört Se mal nipp to, Nottebohm: De Ool is doot! Dat he oolt weer, heff ik markt! Nu paßt de Junge op't Füer, dat de Supp jümmer an't Kaken is. — Kapiert?"

„Jawoll, Herr Mohr! — Schall ik ok noch hochjumpen un strammstahn?" Klatsch! Klatsch! maakt de Rietpietsch. „Mien leve Nottebohm! Warrd se hier nich spitääsch op Ehr olen Daag. Wenn Se mi noch nich begrepen hebbt: van nu an bün ik hier de Herr op de Möhl! Nich Robert Klinkwordt, de Obermüller! Verstahn?"

Nottebohm kickt den jungen Mann geruhig an un seggt: „Herr Mohr! Mit sößtig Jahr kummt mi dat wull to, mit mien egen Menung vör Döör to kamen. Mien Puckel is hier in de Tiet van verdig Jahr krumm worrn bi de Arbeit an'n Schrievdisch, jümmer wedder uttoreken, wat de Familie Mohr rutmüllert hett!"

„Wat schall dat?"

„Ik heff noch mehr to seggen! Mit fiefuntwintig Jahr, veel to fröh, dücht mi, sünd Se nu op'nmal Herr worrn op de Wiebecker Möhl, hebbt de langschäftigen Stäwel aver liekers nich uttrocken. Un darbi brukt Se hier jo gar nich to Felln?"

Ott Mohr steiht as'n Paal un jappt: „Dat — dat is doch — wüllt Se mit mi'n Verhöör anstellen?"

„Wat schull ik wull. Aver wi köönt doch mal'n paar Wöör mit'nanner snacken? — Ik weet, Se ehr Vadder hett den Buerhoff verköpen mußt! Wat darbi överbleven is, dat is uns Möhl togoot kamen. Aver Se hebbt jo op Landwertschaft studeert. Van de Möllerie verstaht Se nix! is doch so, nich?"

„Dat ik dar wat von verstah, dat schüllt ji hier noch beleben! Speelt ju blot nich op!"

„Nix för ungoot, Herr Mohr, aver in veer Weken lehrt sik dat nich, so'n grote Möhl vörtostahn. Noch speelt Se den Herrn, Mien leve, Junge Mann! Bavento speelt Se em slecht!"

Dat harr de Ool lever nich seggen schullt. Luuthals bölkt Ott Mohr nu los: „Holt Se ehrn Snavel, Nott! Se hebbt hier gar nix to menen!"

De Bookholler haalt mal deep Luft, un denn antert he ganz geruhig, aver mit Nahdruck: „Mien Nam is Nottebohm, wenn Se dat nich weten schulln! Un'n Snavel heff ik ok nich, to denen! Wenn Se ehr Vadder noch hier weer —"

„Wat denn? Wat denn?"

„Denn harr he sienen Jung sachs 'n paar achter de natten Ohrn ballert!" — Un darmit tröck he de Mütz över sien Schrievmaschin. Weer al'n Tietlang her, dat de Obermüller Fieravend bimmelt harr. Aver de Ool nöhm dat nich so genau.

Patsch! Patsch! maakt de Rietpietsch gegen de langschäftigen Stäweln. Wat he dar eben to höörn kregen hett, de junge Herr, dar kann he nich recht wat mit anfangen. Is em bannig op de Bost slagen. „Sowat heff ik noch nich beleevt. dat mutt ik mi hier van so'n olen, verkalkten Kontorknüppel seggen laten?"

Nottebohm leggt siene Papiern in de Schuuv. Minnachtig kickt he den jungen Hittkopp an un antert: „Mien leve Herr Mohr! Se sünd noch jünger as fiefuntwintig!"

Ott Mohr snappt nu heel un deel över. He gröölt: „Ik heff den Kuckuck ropen höört! De Obermüller hett jo alltohopen den Kopp verkielt un gegen mi ophißt! Aver dar will ik nu doch'n Sticken vörsteken! Dat schall anners warrn!"

Darmit dreiht he sik knasch üm, will ut de Döör — dar kummt em de Obermüller Robert Klinkwordt in de Mööt. He is jüst so'n stebigen Kerl as Ott Mohr, binah dree Jahr öller. He kickt em fragwies an un seggt: „Is dar wat? Du sühst jo bannig gnägelig ut?"

Ott Mohr wull wat seggen, seker keen fründliche Wöör, as dat lett, aver Robert geiht an em vörbi un seggt to den Olen: „Na, Wo is dat Nott? Hett Wilhelmshaven anropen?"

„Ja, Robert. Allens klaar! Tweehunnert Sack Wiebecker Spezial."

„Op lange Sicht?"

„Dat liggt an di! Wenn dat Mehl so blieben deit?"

„Dat schall dien Sorg nich sien! — Mit Hannover un Bremen mööt wi morgen noch mal telefoniern! — De Proben sünd doch rechttiedig rutgahn?"

„Sünd se." — Nottebohm langt sienen Hoot van'n Haken.

„Sünst noch wat, Nott?"

„Ja! Ik heff noch wat!" ballert Ott Mohr dartwüschen. „Ik stah hier as so'n dummen Jung, as wenn mi dat gar nix angeiht! Wat is dat för'n Aart un Wies, verdammt noch mal?"

Robert kickt em an, as müß he sik wunnern. „Wat hest du denn? Hest' di argert?"

„Ik gah nu", seggt Nottebohm. „Goden Avend!"

Is recht", antert Robert fründlich un kloppt den Olen op de Schuller. „Kumm goot nahhuus!"

Un denn geiht de Ool ut de Döör.

„Ik heff mi argert! Ja, dat heff ik!" seggt Ott Mohr.

Robert kickt em an: „Dar hest du jüst'n Grund to! Steihst hier doch nix ut! Dien Möhl löppt, doot to arbeiden bruukst du di nich."

„Du leevst jo ok gar nich slecht!"

„Do ik! Wenn di dat recht is? — Aver wat ik di ganz gern noch seggt harr, Ott Mohr: wenn ik dar mal van afsehn will, dat an de Front'n düchdigen Offizier west büst, hest dat mit fiefuntwintig Jahr to'n Hauptmann bröcht un di allerhand Schilleratsen an de Bost bummeln laten — liekers dücht mi, harr sik dat nett maakt, wenn du den olen Nottebohm de Tiet baden harrst! Is di de Mann keen Godenavend wert?"

„Dat is jo mien Saak, nich? Wullt du mi ok noch Vörschriften maken?

Robert grient so'n beten. „Och so! — Wenn Nottebohm di al de Richt wiest hett — ik heff mi dat dacht — denn bruuk ik di keen Lantücht antosteken!"

„Puust di man nich op as Obermüller! Du hest di dat so anwennt, den Chef to spelen un billst di in, dat mutt nu so wieder gahn! Nu bün ik aver hier un heff mi dat'n beten anners vörstellt, Robert Klinkwordt! Bavento büst du nich de eenzigste Obermüller! Wenn du weggeihst, maakt de Wiebecker Möhl nich bankrott!"

„Besten Dank, dat du mal mit dien Gedanken vördöör kamen büst, Ott Mohr! Ik denk dar gar nich an, wegtogahn! Kann ik ok nich verantworten, di alleen wrutzeln to laten. Ik müch nich gern, dat all mien Möh un Arbeit ümsünst wesen is!"

„Ach nee? Wat för'n Arbeit denn? De löppt ok ahn di! As wenn dat wat is, dartostahn un totokieken, wenn de Säck vullopen doot!"

Robert steiht un grient. „Junge, junge! Büst du klook! Hest du'n Ahnung van de Möllerie! Du vergittst blot, dat ik dat west bün, de den ganzen Kraam in Swung bröcht hett. mien swöörste Arbeit weer, as Vertreter op Reisen de Kundschaft an de Laderamp to kriegen. Un ik bün dar jümmer noch bi! Hest du eben doch höört, nich?"

„Darför kriggst du jo dien Prozente, un dat köönt anner Lüüd ok! Kann ik ok, bi de Bäckers vörkieken un fragen, wat se bruken doot.»

„So? Meenst du? Denn versöök dat doch mal. Ik bün gespannt, wat darbi rutkamen deit? Ik glööv, wenn se dien bramsig Gesicht to sehn kriegen doot, kriggst du blot de dree Wöör to höörn: Wi bruukt nix!"

Ott Mohr winkt blot mal mit de Hand af un seggt: „Di is dat nu mal to Kopp stegen, dat mien Vadder di darmals annahmen hett. Worüm, müch ik ok mal weten. Hett wull dacht, he kreeg keen Kinner mehr. Den Gefallen heff ik di aver nich daan! — Mi dücht, du büst hier veel to olt worrn op de Möhl! Dat is nu mal so: wenn de Kuckuck in't frömde Nest sett warrd, denn maakt he sik breet, un de annere Broder kann sik man vörsehn, dat he nich över Bord smeten warrd! Aver keen Minsch kann mi verdenken, dat ik mien Nest to wahrn weet! — Hest du mi nu verstahn, Robert Klinkwordt?"

Robert grient: „Doch doch! Heff ik! Weerst' jo luut genoog!"

„Ik kann un will mi nich darmit affinnen, hier op de Möhl den tweten Platz achter mienen Obermüller intonehmen!"

Robert geiht'n paarmal op un daal: „So so!" — Denn blifft he stahn un kickt sienen „Chef" liek in de Ogen: „Du wullt also den ersten Platz utfüllen? Worüm nich, Du büst jo de Besitzer! Aver — denn mußt du di ok'n beten anstrengen! Mit Rümbirrsen un Rümquarken is dat nich daan. Van de Möllerie hest du keen Ahnung, in't Kontor büst du ok nich to bruken, hest' jo keen sitten Ors, op de Kundschaft köönt wi di nich loslaten, du vermasselst uns to veel! Wat blifft denn noch anners över, as dienen Zossen in Bewegung to holen un bi de Damen in de Stadt 'n goden Indruck to maken! De Hauptsaak is doch, de Laden löppt hier un dien Inkamen is dankenswert! Wat wullt du egentlich noch mehr?"

„Wat ik will?" seggt Ott Mohr un smitt sik in de Bost. „Wenn du mi noch nich verstahn hest, denn mutt ik düütlicher warrn: Ik heff keen Lust mehr, dien Geprester mit antohöörn. Kort un goot: dien Tiet is aflopen!"

Wenn he nu dacht harr, düsse överspöönsche Obermüller schull sik asig verjagt hebben, denn weer dar rein gar nix van to spöörn. De Kerl harr sik ganz geruhig nah em ümdreiht, smustergrien so'n beten as jümmer un anter: „Och so meenst du dat! Du wullt mi künnigen! Ik mutt seggen, du geihst dar forsch ran! Is man goot, dat mien Mudder ünnerwegens is."

Nu is dat bi Ott Mohr, verbaste Gluupsogen to maken. „Wat hett dien Mudder dar denn mit to kriegen? Oder wullt du di hier villicht noch wat ünner'n Nagel rieten? Un dien Mudder schall di darbi helpen? 'n bannig lose Tung hett se jo!"

Robert grient. „Mien Mudder kummt al över'n Hoffplatz. Ehrn losen Mund hett se to'n Glück mitbröcht!"

„Van mi ut!" seggt Ott Mohr. Grootsporig geiht he op un daal. Un grienen deit he ok. „Ik bün würklich neegierig, wat ji beiden mi to vertelln hebbt!"

De Aart un de Ton, as dat seggt worrn is, paßt Robert nich. He kickt so'n beten scheev, weet nich so recht, wat Ott Mohr ut de Achterhand vörtobringen hett.

Dar kloppt dat al an de Döör. De beiden kaamt gar nich erst so wiet, wat to seggen, dar kummt Doris Klinkwordt al över'n Süll. Den olen Nottebohm hett se mitbröcht. De is heel un deel verwunnert, wat hier speelt warrn schall.

„Dar bün ik!" seggt Doris un lacht över dat ganze Gesicht. Se is'n Fru ut de Grootstadt, de dat versteiht, mit'n fründlich Kleed un veel Kosmetik jünger uttosehn, as se in Würklichkeit is.

Groot un forsch steiht Ott Mohr mirrn in de Kontorstuuv, kickt de Fru grantig an un seggt: „Wat wüllt Se hier?"

„Och! Mi freut dat bannig, di nah so vele Jahrn mal wedder to sehn, Ott Mohr!"

„Hebbt wi beiden al mal tosamen Swien hööd?"

„Dat jüst nich, aver — ik besinn mi goot, dat ik di fröher, as du noch'n lütten Bötel weerst, faken de Snotternes afwischt heff. Ik heff di ok sünst mennigmal bistahn in dien Noot, denn du büst teemlich laat büxenrein worrn, mien Jung."

Ott Mohr mutt mal dröög daalsluken.

Klatsch! Klatsch! maakt de Rietpietsch. denn seggt he: „Is dat allens, wat Se mi to seggen hebbt?"

„Hest du recht, Ott. Dat beste kummt noch. Darüm heff ik mi noch 'n Tügen mitbröcht. — Ik mutt mi kort holen, denn du hest mi jo kenen Stohl anbaden un ik will mi hier nich de Been in'n Ors stahn!"

Robert hett sien Mudder 'n Blick tosmeten, den harr he goot anspitzt, un'n Toon lött he höörn, as harr he 'n groten Klüten in'n Hals kregen.

Aver Doris is nu nich mehr to möten: „Ik kann van di nich verlangt sien, dat du al mit fiefuntwintig Jahr utlehrt hest, di to benehmen ole Lüüd gegenöver. Also höör mal nipp to: dien Vadder is nu al'n paar Weken ünner de Eer, aver wo kann't angahn, dat wi noch gar nix van sien Testament to höörn kregen hebbt?"

Ott Mohr is op'nmal tomoot, as harr he'n Slagg kregen. Wat hett de Olsch dar eben seggt?

„Testament? — Wat hebbt Se dar denn mit to kriegen?"

„Dat fraag ik di, Ott Mohr! Mi dücht, dat warrd wull bilütten Tiet, uns endlich mal to seggen, wat dien Vadder in sien Testament uns künnig maakt hett!"

„Uns! hebbt Se seggt? Dat geiht Se doch'n Dreck an!"

„Meenst du? — Na ja! Denn helpt dat nich, Ott Mohr, denn mutt ik düütlich warrn!" Se dreiht sik nah den Bookholler üm un seggt: „Nottebohm! Kiek di de beiden jungen Kerls mal nipp an! — Fallt di gar nix op?"

Un Nottebohm antert: „Doris! Mi bruukt darbi nix intofallen, ik weet dat ok so: dat sünd de beiden Bröder, de sik nich vergahn köönt!"

Ott Mohr steiht dar as'n Paal. He kickt sienen Broder an, op un daal as dat lett. „So so", seggt he blot. Geiht'n paarmal üm den groten Schrievdisch rüm, blifft denn stahn un seggt: „Un du hest dat weten, Robert Klinkwordt?"

„Ja! Is al'n paar Jahr her, dat mien Mudder mi dat schreben hett!

„Bruukst di gar nich so to verwunnern, Ott Mohr!" meld sik Doris nu to Wort. „Mußt' dienen Vadder dat nich övel nehmen, wenn he mi darmals, as ik hier as Deenstdeern weer, nich översehn hett. He wull doch gern'n Stammholler hebben. Föfteihn Jahr verfreet un jümmer noch keen Utsicht! Du leve Tiet! Ik bün nu mal van Natur gootmödig! Bi mi hett dat forts slummt! Wokeen hett denn ahnt, dat du twee Jahr later doch noch achteran to quarken keemst!"

Robert kickt sien Mudder an un seggt: „Ik mutt mi bi di bedanken, Mudder, dat du uns dien Beleevnis nich noch düütlicher ut'anner pult hest!"

Ott Mohr hett'n korten Ogenblick op dat Wehr rutkeken — sien Möhl hett'n Waterturbin — dat brusen Water is hier in de Kontorstuuv Dag un Nacht to höörn, denn dreiht he sik knasch rüm un seggt: „Fru Klinkwordt! Gaht Se mal'n Ogenblick nah buten un nehmt Se Herrn Nottebohm mit! Ik heff mit — mit mienen Broder wat ünner veer Ogen to besnacken!"

„Kummt dat Testament ok to Spraak?" fröggt Doris.

„Jüst dat!" antert Ott Mohr.

„Na also!" — Denn laat uns, Nottebohm!" Un de beiden gaht nah buten.

He geiht noch'n paarmal op un dal, de Herr von de Wienbecker Möhl. Robert weet nich, wat he darvan holen schall. Dat Smustergrienen üm Ogen un Mund, wat he sünst jümmer so an sik hett, is nich mehr dar.

„Du hest mi wat to seggen, Ott Mohr?"

„Mutt ik denn jo wull."

„Veel Godes bün ik mi nich mehr vermoden! Dat seh ik di an!"

„Ik mutt di seggen, Robert Klinkwordt, in sien Testament büst du van unsen Vadder nich nöömt worrn! Dien Mudder ok nich!"

„Nich nöömt worrn?"

„So is dat! Ik wies di dat nahher. — Hett sik doch wull schaamt, darmit künnig to warrn! Aver du mußt doch togeben, dat he veel för di daan hett! Hest'de Realschool besöcht, büst nasten noch op de Möllerschool in Dippoldsdiswalde west. Un hier hett di dat all de Jahrn ok jüst nich slecht gahn! — Oder?"

„Ik heff mi mit de Tiet betahlt maakt, Ott Mohr! Wat de Möhl worrn is, dat is mien Wark! Uns Vadder hett dar nix an daan!"

„Robert! ik nehm de Künnigung trüch! Schull dat nich angahn, dat wi beiden — ik meen wi beiden Bröder uns in Tokunft verdregen doot?"

„Dien gode Menung in Ehrn, Ott Mohr, aver — ik bün hier alltiet de Kuckuck bleben, de Vagel ahn Nest! Dat mien Vadder mi jümmer dootswegen hett, dat he sik kort vör sienen Doot nich to mi bekennt hett, wat blifft mi dar noch anners över, 'n dicken Streek achter mi to maken! Annerwegens warrd jo ok noch Korn op'n Rump schütt!"

Dar klappt'n Döör un Ott Mohr steiht alleen — un weet nich, wat he seggen schall! Is wull dat beste, dat se sik trennen doot. Tominnst för'n Tietlang! Aver dat Geföhl hett he doch: wenn he hier in Tokunft den Nahfolger speeln will, nee, wenn he dat würklich sien will, denn mutt he den ganzen Kerl ümkrempeln! Ganz van vörn anfangen!

Keen weet, villicht findt se doch noch mal tosamen, de beiden Bröder, de sik nich vergahn köönt.

Erdbeern in Navers Gaarn

De Iesenbahner Franz Niebuer, nu al'n Jahr pangschoneert, wat weer dat för'n tutigen Kerl! Man eenmal flietig! Un allens för sienen Jung, de bi de Firma Reimers und Sohn in de Stadt sien Büx op'n Kontorbuck blank schüern dee.

Van sien Swiegerdochter harr he annerletzt 'n Breev kregen, dar stünn allerhand in to lesen, wat Franz sik achter de Ohrn schreben harr. Se weern nu bi't Boon un allens weer jo so asig düer worrn. All dat Inmakte ut Franz sienen Gaarn weer middewiel op'n Rest gahn, de beiden Kinner müssen wat antotrecken hebben, van ehr sülvst ganz to swiegen! Un denn harr se anfragt, wat de Schinken denn noch nich goot weer, de Kuckuck harr doch al lang ropen.

För so'n Kinner is dat jo ok veel komodiger, 'n Paket optomaken un de Saken uttopacken, as sik in'n Gaarn darnah to bücken.

Franz harr denn Wink mit'n Tuunpaal wull verstahn. Teihn Pund Spargel un twintig Pund Erdbeern weern per Expreß afgahn. Bavento weer he doch al lang an't Spaarn för de Kinner. Dat schull doch'n Öwerraschung sien, wenn he mal starben dee. Dat maakt doch jümmer 'n heel goden Indruck bi de Kinner, wenn se nasten in de Stuuv 'n dickes Spoorkassenbook an't Licht bringen köönt un bavento de Biedrääg bi de Dodenkaß rechttidig betahlt sünd.

Franz weer dat lever west, wenn se mit de Boeree noch'n paar Jahr töövt harrn. Aver sien Jung harr sachs wull recht:

de Prise weern an't Kladdern, kunnst jüm bald nich mehr folgen.

Op sienen Gaarn dar günnt an de Beetze weer he bannig stolt. Siene Navers kemen ut dat Verwunnern nich rut. Wat he allens nah de Bahn slepen dee un bi den Gröönhöker to Geld maken kunn.

Wenn Franz sößtig Planten Blomenkohl sett harr, keem he wiß mit fiefunsößtig Köpp an't Huus. De müssen jo wull jungt hebben. Dat schulln se em erst mal nahmaken.

Aver gefällig weer he man eenmal. Wat harrn se alltohopen ünner de Waterrotten to lieden hatt. Franz harr se jüm wehpüstert. Un wenn de vermuckte Wulworp an't Wöhlen weer, Franz wüß sien Tiet, wenn he smieten dee un sien flinke Schüffel kreeg dat jümmer trecht, dat de swarte Samtjack blot'n Ogenblick in de Sünn pliern kunn.

Aver sien Naver Gustav harr bilütten spitz kregen, dat Franz mit de Höhner opstünn un de twintig Parzellen dörchplücken dee, wenn siene Navers noch in de Puch legen. Wenn dat bi de enkelken ok nich veel utmaken dee — so rachgierig weer Franz nu ok wedder nich — veel Lüttveh maakt op't End ok 'n Hümpel Meß. Un dar müß nu endlich mal wat gegen daan warrn!

Gustav also besnack sik dat mit sienen Naver Jan. De harr in sienen Gaarn so'n feine Holtbood. Van dar ut müssen se ehrn Naver Franz an'n fröhen Morgen eenfach afscheten.

„Ik verstah di", meen Jan un frei sik al to dat Blickspill. „Du wullt em also 'n öllige Ladung Schrot vör de Büx brennen?"

„Nee nee", anter Gustav, „ok nich Peper un Solt, wenn he dat ok wull verdeent hett."

Afscheten wull he Franz, aver mit sienen Fotokasten. Un dat Bild schull em toschickt warrn mit'n paar gootmente Wöör op de Achtersiet.

„Ok nich slecht", meen Jan un höög sik. „Dat warrd 'n Spaß mit'n Band an, kann'k di seggen!"

„Morgen fröh Klock veer sünd wi hier! Afmaakt?"

„Afmaakt!"

Un darbi bleev dat. — — —

Avends seet Franz op siene Gaarnbank un weer an't Gruweln un Spekeliern: „Tjä! Is mi gar nich nah de Mütz, dat se nu al boon doot. Hebbt jo nich in'n Lotto wunnen. Dar hebbt se nu schön wat an to bieten un Vadder mutt in de Bucht springen! — Mal sehn, wat de Gaarn düt Jahr afsmieten deit! Un siene Ogen weern ok al dar togang, wo he nix verloorn un to söken harr. Kortsichtig weer he nich, kunn bannig wiet kieken.

Un denn harr em de Düwel in de Maak. De snack em dumm un dösig! „Dien Gaarn, Franz Nibuer, Fallt doch gar nich op, wenn du bi diene Navers ok mal biweglangs dörchplücken deist!"

„Bi miene Navers? — Tweemal heff ik mi al verföörn laten — oder — weern dat al dreemal? Heff ik rein vergeten. — Aver in de Bibel steiht schreben —"

„Och wat! In de Bibel to lesen, dar hest du winterdags Tiet genoog to! Nu is Aarntiet, nu muß du tolangen! Un denn denk dar mal över nah, Franz Niebuer: morgens, wenn du plücken deist, is dat jüst de Tiet, wo ansünst de Drosseln un Spreen fröhstücken doot, un dat nich so knapp! Gar nich an to dinken, wat se darbi verasen doot, dat krüsche Takeltück!"

„Hm! du meenst, so — oder so weern miene Navers doch to kort kamen?"

„Wi kaamt uns al neger! — un nu denk mal'n beten wieder: sünd de dorßen Vagels an't Plücken, kummt blot jüm dat togoot! Wenn du jüm tovör kamen deist, kummt dat dien Kinner to goot, un de leevt doch veel länger! Oder? — Diene Navers hebbt in Würklichkeit nich mehr verloorn, as wat se ahn di ok verlustig gahn weern. — Du kannst mi doch folgen, Franz Niebuer? Un denn mußt du noch wat bedenken: bi Chrischan Dreevs kannst du gern öllig tolangen! Wat de ut sienen Gaarn verköpen deit, dat versüppt he nasten doch. Un Detel Strunk? de Kerl is veel to fuul! Lött sienen Gaarn in Unkruut verkamen!"

„Aver siene Senga Sengana weern fein ansett!"
„Freut mi, dat du dat al utproovt hest! — Also?"
„Ik weet nich? — Liekers mutt ik dar an denken —"
„Ik heff doch för di dacht! Nich? Du vertütelst di darbi blot as'n Katt in de Gaarnrull. — Verslaap du morgen man nich de Tiet! Weeßt' doch: Morgenstunn hett Gold i'n Munn! — Un vergeet nich, dien Hark mittonehmen! So'n grote Fööt as du hett hier keeneen! Denk an dien Kinner! De bruukt dien Hölp! — De bruukt dien Hölp." —

Op so'n Aart un Wies kann de Minsch sik in sien Unbedarvtheit bedüsen laten, wenn de Düwel in sien Bost de Bavenhand kriegen deit. — — —

Den annern Morgen fröh, van'n Karktoorn hett dat jüst veer slagen, sünd Gustav un Jan al in de Gaarnbood togang. De Fotokasten steiht al praat. Mit veer Meter Afstand köönt se Franz afscheten.

Se bruukt gar nich lang to luern, dar kummt de gode Garner al den Gaarnstieg langstosliekern, hett'n gatlichen Korv in de Hand, un sien Hark hett he ok nich vergeten. He is gar nich so dumm, fangt hier baven glieks an. Wenn nasten doch mal een kamen schull, is he neger an de Beetze, un van dar ut kann he sik veel lichter verkrömeln, denn de Morgendaak spöökt al över de Wischen. He fangt forts mit Plücken an. Wat em dat van de Hand geiht. Mit de Fingern is he dar so leifig bi, as wenn he jeden Dag Klavier spelen deit.

Gustav pliert dörch dat Lock in de Bood un fewert as so'n Krupschütt, de op'n Anstand sitten deit un den kapitalen Buck op sik tokamen süht. Denn drückt he los! mit Blitzlicht! Franz is afschaten un dat hett gar nich mal wehdaan. Aver verfeert hett he sik asig över den Blitz. Steiht dar nu un luert op den Dunner, de nu doch bald kamen mutt. Kickt nah'n Heben un findt keen Wulken. Un denn dünnert dat doch!

Jan langt sik'n leddigen Marmeladenammer her un maakt nu darmit een'n förchterlichen Spektakel in de Holtbood, dat de arme Franz piel in de Hööcht schütt, Korv un Hark an sik rieten deit un dat Birrsen kriggt, as harr he Immen in sien

Manschesterbüx. Kickt sik nich eenmal üm, as weer dat höhnsche Lachen van Beelzebub achter em her. Duert nich lang, un he is al in 'n Daak verswunnen.

De beiden in de Bood wüllt sik meist dootlachen! Dat weer würklich mal 'n Spaß mit 'n Band an! — — —

Dree Daag later sitt Franz Niebuer in sien lütte Köök as 'n Hümpel Unglück. Nah sienen Gaarn hett he sik nich wedder hentroot. De Post harr em 'n Breev bröcht un dar weer 'n Bild in! Dar seet he nu in Jan siene Senga Sengana un keek as 'n Haas ut 'n grönen Kohl.

„Se hebbt mi afknipst! Wat 'n Blamaasch! Op den Düwel in mien Bost heff ik höört, un nu krieg ik mienen Lohn! — Och du leve Tiet! Wat steiht denn dar op de Achtersiet? — ‚Wenn du noch mal dar plücken deist, wo du nich plannt hest, denn scheet't wi scharp, aver mit Peper un Solt! Denn kannst du acht Daag op 'n Iesbütel sitten un dienen Brand köhlen! Wenn du di nich betern deist! — De beiden Schützen.' —

„Wat heff ik blot anstellt!" stöhnt Franz un müß sik den kolen Sweet van 'n Kopp wischen. „Wenn de beiden dat nu överall vertellt un de Plünnenhökersch dar erst mit van Döör to Döör lopen deit! — Dat vergeev ik mi nich! — Dat vergeev ik mi nich!" — — —

„Wat is denn mit Franz los", dach Gustav, de jüst sien Swien fodern deit, „hett sik noch nich wedder blicken laten!"

Dar fallt sien Blick op 'n Reep, dat van de Hill rünner bummeln deit. Hitt un kolt löppt em dat op'nmal den Rüch rünner. „He warrd doch wull nich? Schull ut den Spaß Ernst worrn sien? — Blot dat nich!"

He löppt forts nah buten un de Straat langs, as weer dar een mit de Pietsch achter em to hissen.

In't hele Huus keen Franz to finnen. Nu is dat an Gustav, sik mal den kolen Sweet van 'n Kopp to wischen. — Denn löppt he över den Hoffplatz un ritt de Stalldöör op. — Dar sühst he Franz op de Schrottünn sitten.

Gustav mutt erstmal deep Luft halen. — Denn bullert he

los: „Kiek mal an! Hier sittst du op dien Schrottünn as'n Hümpel Unglück! Deist di sülvst wull bannig leed, nich? — Nee nee, mien leve Franz, so'n Dummheit laat man ünnerwegens! Glöövst' wull, di bleev nu nix anneres över as'n Tragödie optoföhrn! Aver nu speel ik mit, ol Fründ! Kunn di wull so passen, nu den Feigling düsse Gelegenheit to geben, sik still un heemlich ut'n Stoff to maken! Du hest noch'n barg to doon, mien leve Franz, un noch gar keen Tiet, di darhen to verkrupen, wo du keeneen nützlich sien kannst!"

Franz kickt em an: „Ik — ik schaam mi jo so!"

„So! Du schaamst di? Dat is al wat! Aver noch lang nich genog!"

„Kann ik mi nu noch ünner de Lüüd sehn laten?"

„Ach nee! — Du glöövst wull, Jan un ik hebbt dat al van Huus to Huus utpingelt, wat du anstellt hest, — Nee nee, mien leve Naver! Wi beiden hebbt uns Muul holen, un wi doot dat ok fudder, wenn du uns versprecken deist, nich noch mal so'n Zicken to maken!"

Franz siene Ogen kriegt op'nmal wedder Leben: „Würklich? Keeneen hett wat to weten kregen?"

„So is dat! Un so blifft dat ok! Basta! — Segg du dien Kinner man Bescheed, se schüllt sik man'n beten Tiet laten mit den wertschaftlichen Ümschwung! Huus boon, Auto un Puschenkino, un wat nich allens! Un de Vadder kann sik den Kopp terbreken, wat he darbi doon kann! — So! Un nu kaam man wedder to di! Hest' doch wull noch'n Sluck in't Schappapp stahn un'n Buddel Beer? Un denn geev ik di den Goden Rat, dat wi dienen Schinken mal ansnieden doot! — Oder hest du den ok al wegschickt?"

Franz kummt hoch. „Nee nee! Noch nich!"

„So! Noch nich! Denn heff ik jo Glück hatt!"

„Will ik jo gern doon! Wenn ji man —"

„Franz! Fang dar nich noch mal wedder van an! De Saak is utstahn un vergeten! Hest du mi verstahn? — Un'n paar Eier haust du ok in de Pann! Mi is doch verdammt flau worrn ünner'n Buukremen! — Un morgen fröh plückst du diene Eerdbeern dörch, sünst kaamt di de Spreen tovör. Düsse Rövers is dat eendoont, wokeen de Eerdbeern plant hett!"

Dat Gespann

Jochen un Trina weern bi't Middageten. Jochen harr bannigen Hunger, weer den ganzen Vörmiddag bi sien Holt wesen.

Trina klopp mit ehrn Läpel an de Suppentrien: „Jochen: Schlapper doch nich so! Höört sik jo fürchterlich an!" Un darbi stipp se ehrn Läpel in de Nudelsupp as'n feine Daam, de lütte Finger stünn öllig so'n beten afwarts. Dat sehg heel vörnehm ut.

„Ik schlapper doch nich", anter Jochen.

„Deist du doch. Stried dat nich jümmer af!"

„De Melksupp is wull to heet, mien söte Trina."

„Och wat! Wenn du Melk un Rode Grütt eten deist, schlapperst du ok. Un de is ieskolt."

Jochen geev sik to: „Dat mag denn jo wull so wesen."

„Büst du nu bald trecht mit dien Füerholt? Sünst kriegt wi noch Snee, un dat warrd uns wedder missennatt."

„In'n September sneet dat sachs wull nich. Villicht bi di in'n Brägenkasten."

„Ik· heff mien Gedanken jümmer noch op'n Dutt! Aver dien Brägenfatt is blot noch'n Siff!"

Jochen tröck'n Snut to'n Erbarmen: „Opstunns piert mi de Ischias so. Schußt man weten, wat ik mi quälen mutt."

Aver Trina anter em teemlich spitääsch: „Ach nee? Wenn du dienen Skatavend hest, piert di keen Ischias. Denn löppst du as'n Bessenbinner, de to de Slachtköst inlaad is."

„Do ik denn jo wull", brummel Jochen un hark sik'n paar Nudeln ut sienen Boort. „Is doch'n asige Anstrengung, düsse glibberigen un wrögeligen Sladderwörms op'n Läpel un in de Fudderluuk to balanziern. Mit Speck un Bohnen weet ik beter ümtogahn."

„Wat du alltiet to quarken hest! Dat weer'n Straav, fiefunveerdig Jahr mit di verfreet to sien!"

„Wull ik ok jüst seggen", brummel Jochen.

„Ochgott!" seggt Trina un jumpt in de Hööcht, „ik mutt vandaag jo noch to Beerdigung?"

Jochen keek ehr an un verwunner sik: „Wat? Du? — Ik schull doch mit, harrn wi afmaakt."

„Bliev du man bi dien Holt! Di seept se bi so'n Gelegenheit in, un'n dunen Kerl kann ik op'n Doot nich utstahn!"

„Dat mag denn jo wull so wesen", brummel Jochen. Un darmit harr sien gode Trina mal wedder de Bavenhand beholen. — — —

Paar Daag later seten de beiden in'n Gaarn op de Bank. Dat weer bannig heet un Jochen wisch sik den Sweet van'n Kopp. He weer in de letzte Tiet jümmer so licht pustig. He fummel in siene Taschen rüm. Trina keek em an: „Söchst du wat?"

Jochen wöör grantig un anter: „Stell di vör, ik söök wat! Mien Zigarr! Güstern Avend steek se noch in de Tasch."

„Du mit dien vermuckte Zigarr! De junge Herr von Brockholt smöökt överhaupt nich, aver wenn du nix to sugen hest, denn warrst du glieks gnägelig as'n lütt Göör, dat sienen Snuller verloorn hett!"

Jochen geev sik to, as jümmer. He weer so mööd. As he'n Tietlang vör sik hen drusel harr, kreeg he van sien Trina 'n Stoot in de Rippen: „Jochen! Kiek mal dar dröben bi Ohland!"

Jochen verjag sik: „Häh? — Is dar wat?"

„Dat is jo wull nich to glöben! Peter Ohland un de nee'e Mamsell! Lickt sik dar af an'n helligten Dag!"

Jochen vermünner sik: „Is't wahr, Trina? Ik dach, dat Küssen weer ut de Mood kamen,"

„Ole Tweernbütel! Kiek doch hen! Kannst' di dar jo van övertügen!"

Jochen grien. „Sünd de beiden to beneiden! Op uns Sülvern Hochtiet heff ik van di den letzten Söten kregen! Du harrst den Dag jo ok twölf Tassen Bohnenkaffe utslappt un weerst bannig opkratzt! Aver avends büst du mit'n Buddel Baldriandruppens to Puch gahn! Hest' wull dacht, nu mutt ik bremsen, dat dien Jochen nich op dumme Gedanken kamen deit!"

Trina keek bannig schuulsch: „Wat schall de Tüünbütelee? So'n dummen Snack!"

„Tjä, mien gode Trina! Nu maak ik mi so Gedanken! Mutt wull so lang töben bit to uns Golln Hochtiet, nich? Un denn is dat sachs keen Vergnögen mehr!"

Dar stünn Trina piel op un güng mit Gebrummel in de Kaat un leet ehrn Jochen sitten, de mit sien nägenunsößtig Jahrn op'n Puckel liekers noch so'n mallerige Gedanken vördag bringen dee.

− − − − −

Acht Daag later seet Trina alleen op de Bank, ganz in swart, mit'n Blomenstruß ut ehrn Gaarn in de Hand. De utdrögten Tranendrüsen weern op'nmal wedder füllig worrn.

Dar kummt de Gootsherr Justus von Eiksen vörbi un süht ehr dar sitten: „Na, Trina Neels? Föhlst' di nu wull bannig eensam, nich?"

Trina snucker noch duller: „Oh nee ok, uns Herr! Ik kann mi dar gar nich mit affinnen! Hett mi op'n Stutz alleen laten, mien gode Jochen. Hebbt hier so faken op de Bank seten un hebbt uns jümmer moi wat vertellt. Fiefunveerdig Jahr sünd wi Hand in Hand dörch't Leben gahn, hebbt allens tosamen dörchstahn! Un nu −"

Von Eiksen kickt ehr van de Siet an un seggt: „Hebbt Se keen Snuuvdook?"

„Doch", snuckert Trina, „aver dat is al ganz natt". Un denn treckt se wedder hoch.

De Gootsherr harr sik middewiel bi Trina dalsett. He dach, de Gelegenheit is jüst paßlich, de Olsch mal öllig in de Kniep to nehmen. Un füng forts an: „Tjä, Trina Neels! So lang de Mann noch leben deit, warrd mit em rümprestert un rümgnatzt, is van Leev rein gar nix to spöörn. Aver wenn he erst op'n Karkhoff liggen deit, denn sleept se em Blomen hen un de Ogen hebbt dat op'nmal mit Hochwater to doon. Nehmt wi nu mal an, Se harrn vör Petrus staan, un he fangt denn nu an to fragen, to'n Bispill: Na, Trina Neels? Wat hebbt Se denn nu Godes daan för ehrn Jochen? — Wat wüllt Se em denn antern?"

„Ik? — Ik heff mienen Mann alltiet goot wat op'n Disch bröcht, uns Herr!"

„Goot! Kriggst du'n Krüz, Trina. Dat is'n Pluspunkt, mußt du weten. Hebbt Se em dat Eten ok mit gode Wöör un Leev op'n Disch bröcht?"

Trina kickt al so'n beten scheev.

„Trina!" fangt Petrus denn an to schelln, „du weerst dien Leben lang 'n grote Punnergoos un hest dien beten Seel un Hart ut'n Liev stickelt un prickelt! — Deit mi leed, ik mutt dat Krüz wedder dörckstrieken!"

Trina slukt mal dröög daal: „Dörchstrieken?"

„Ja. — Hest du tohuus ok allens püük op Drat hatt, Trina,"

Dat weer Water op Trina ehr Möhl, un se anter em stolt: „Dat heff ik wiß, uns Herr! Kann ik driest seggen! De Schüerlappen is bi mi siendag nich dröög worrn. Op uns Sülvern Hochtiet sehg dat bi mi noch jüst so püük ut as op de Gröne!"

„Goot! Kriggst du'n Krüz, Trina Neels! — Un wat hett dien Jochen dar Godes van hatt?"

„Mien Jochen? — Se köönt aver fragen!"

„Ik nich! Petrus fröggt di! — Un nu höör mal nipp to, wat he di seggen warrd: dien ganzes Leben lang hest du nix anneres in'n Kopp hatt as Schrubben un Schüern un Hissen! In de gode Dönz hest du dienen Jochen blot to Wiehnachen, Ostern un Pingsten rinlaten. De Möbel müssen doch schoont warrn! Dien Mann hett de ganzen Jahrn in de Kȫk op'n hölten Stohl rümhangen kunnt mit sien lahm Krüz! Un wenn he, sik mal 'n lütten antütelt harr, hett he sik bi de Zeeg in'n Stall vermünnern müßt! Un'n Predigt hett he van di to höörn kregen, dar hett em acht Daag later noch de Kopp van killt!

— Deit mi leed, seggt Petrus, dat Krüz mutt ik wedder dörchstrieken!"

Trina hett den lütten Mund noch mehr tosamenknepen, in ehr griesen Kattenogen fangt dat to glimmern, se hett sik piel hochsett op ehr Bank.

'Herr von Eiksen hett noch mehr op'n Harten, sien Mission is noch nich afslaten. „Un wo is dat mit de Leev west twüschen jo beiden? Hest dienen Jochen bannig kort holen, nich? Weerst avends jümmer so mööd van all dat Rümschorwarken. Un de Mund hett di weh daan van al dat Quesen un Quarken, wenn dien Jochen mal op annere Gedanken kamen is. Un liekers is he nich eenmal op den Gedanken kamen, glööv ik, sik annerwegens mal so'n beten optomuntern un optowarmen!
— Ik in sien Stell, Trina Neels, ik harr di jeden Sünnavend dat Gatt vullhaut, denn weerst du tominnst op'n Sünndag to geneten west!"

Trina weer hochschaten, un nu futer se los: „Paßt Se man op, Herr von Eiksen, dat Petrus keen Fragen stellen warrd, wenn Se malins vör em staht! Ik meen, wat de Deernskamern op Se ehr Goot anbelangen deit. Mi dücht, dat warrd erst 'n langes Verhöör afgeben!"

Un denn wull Trina al losbirrsen. Aver de Gootsherr rööp ehr trüch: „Stopp mal eben, Trina Neels! du hest diene Blomen vergeten!" Un he langt ehr den Struuß hen un grient: „Dien Jochen freut sik dar jo to, nich?"

Trina reet den Struuß an sich — un weg weer se.

Herr von Eiksen bleev noch'n Tietlang op de Bank sitten un smustergrien sinnig vör sik hen. Un denn harr he op'nmal dat, wat man „Vision" nömen deit: Jochen stünn achter em, mit'n wittes Nachthemd an un Engelsflünken, un fluster em to: „Velen Dank ok, Herr von Eiksen! Dat Se mien Trina mal de Bicht verhöört hebbt! Ik heff dat al jümmer vörhatt, aver se hett mi jo nich to Wort kamen laten! Aver — gediegen is dat doch: Nu fehlt mi wat!"

Olet Hart warrd wedder jung

Jan Meier, de Buer op'n Hoff achter'n Schewen Stebel, un sien Alma harrn sik dat suer noog warrn laten. As Knecht un Deenstdeern weern se anfungen, harrn sik nix günnt, de Dalers op'n Dutt kleiht un sik stüttig hochkröpelt. Glieks nah de Hochtiet weern se erstmal mit'n lütte Katenstell togang kamen, twölf Morgen ünner'n Ploog. Sien Arbeit op'n Moor bi de Törfpreß harr he liekers nich opgeven, un sien Alma güng noch to'n Reinmaken bi so'n Lüüd, de beter stellt weern, oder sik dat tominnst inbilln deen.

As jüm ehr eenzigst Söhn, de „nee Jan" ut de School keem, drööp sik dat jüst so, dat se den Hoff achter'n Scheben Stebel köpen kunnen. Op den Dag harr Jan al lang luert.

Sien Alma harr sik dat Knickern sodennig anwennt all de Jahrn, dat se meen, dat müß nu jümmer so wieder gahn. Aver Jan wull dar nu nix mehr van weten: „Bill di man nich in, dat ik nu as Buer mien Leben versuern un vertruern will! Ik heff noch wat nahtohalen!"

Wenn dar wat los weer in't Dörp, Füerwehrball, Sängerball, Spaarkluveten un Maskerat, he müß dar mit bi wesen. Mit so'n schönen Walzer bi Jan Höper op'n Saal de Ecken rein to fegen, dat weer sien gröttst' Vergnögen. Aver sien Alma bleev meisttiet tohuus. Se weer mit de Jahrn so'n beten wat füllig worrn, kunn dat Rümswunken nich mehr af.

„Du geihst jo blot to'n Ball, dat du mit de jungen Froonslüüd rümdalvern kannst!" hööl se em vör.

Un Jan geev ehr dat wedder: „Un du? Du sittst al mit föftig Jahr in'n Backenstohl to müffeln un hest dat gar nich nödig! Kannst di allemal noch sehn laten!"

Blot in een Saak, dar weern se sik eenig: dat ehr Jung Stina Wulf noch mal freen schull. De harr öllig wat in de Melk to krömen. Aver de Jung harr sik al lang'n annere Deern utsöcht. Un wenn sien Elsbeth ok keen Buerdochter weer, se kunn sik sehn laten, un düchdig weer se ok.

„Nehm du man Stina Wulf!" kreeg he to höörn. „De Deern

hett wat optowiesen un se kummt nich alleen, se sleept ok wat achternah!"

Aver de junge Jan knipper so'n beten mit de Ogen un grien: „Ja, deit se ok! Stina hett nu al hunnertunfiefunveerdig Pund op'n Dutt! Wenn wi Sülvern Hochtiet fiert, kann ik in'n Sommer fein in'n Schatten sitten!"

„Ik weet, op wat för'n Stell mien Vadder teemlich anhaftig is!" Un to sien Mudder säd he: „Is goot, Mudder! Ik gah to'n Füerwehrball un denn will ik mien best doon!"

„Is doch'n grundgoden Jung!" dach Fru Meier un freu sik. Dat ehr Jung so gediegen darbi grient harr, weer ehr gar nich opfullen. – – –

Füerwehrball bi Jan Höper! De Muskanten hebbt jüst mal Föfteihn maakt, wischt sik den Sweet van'n Kopp un börrnt sik glieks'n frischen halben Liter Beer to Bost. De Kerls an de Teek möken dat nich anners. De Froonslüüd seten hümpelwies an de Dischen un weern jüst darmit anfungen, stiewen Bohnenkaffe to slappen un Sahnetorte to läpeln. Un darbi keken se jümmerto nah de Jungdeernsiet röver. Wokeen müch dat blot sien, de ranke, slanke Deern mit dat himmelblaue Kleed?

De ole Jan Meier stünn mit sienen Macker Jasper Kühl an de Teek. Dar kreeg Jan de Deern ok spitz un geev sienen Macker 'n lütten Stoot in de Rippen: „Minsch! Jasper! Kiek mal de smucke Deern dar! De hett aver allens op'n Dutt, wat? – Junge, junge! De hett'n Bussen, dar kannst 'n Luus op dootknacken! Wenn ik Jungkeerl weer, ik harr mi nich lang besunnen!"

„Dat maggst wull seggen, Jan! Wenn di so'n staatsche Deern vör'n Steven krüzen deit, föhlst du di glieks twintig Jahr jünger, nich?"

„Ganz egaal!" säd Jan Meier, „wenn de Musik wedder anfangen deit, haal ik ehr to'n Danzen!"

He schuul jüst mal nah ehr röver, as he sien Glas Beer vör'n Hals harr un – verjöög sik. Bald harr he sik verslaken! Dat weer jo wull nich to glöben! Aver de Deern harr em tolacht!

Em wöör op'nmal ganz annershaftig tomoot. He schuul noch mal nah ehr röver. Se keek em krall in de Ogen un — lach!

Op'nmal harr he vergeten, dat he al de Föftig op'n Puckel dregen dee. He keem sik vör as'n jungen Kerl! Opschoons to sienen Vördeel seggt warrn mutt, dat he rank un slank bleben weer un bi all dat Wrucken un Schoorwarken gar keen Tiet funnen harr, sik'n Smeerbuuk antoschaffen, un de Haar weern em ok nich utgahn.

Jasper, de allens mitkreeg, keek rein verbaast ut de Ogen. Dat kunn aver ok Afgunst wesen sien. He säd: „Minsch! Jan! De Deern hett di tolacht! — Kennt se di villicht?"

„Wat denkst du di? Ik heff de Deern in'n Leben nich sehn! Vandaag to'n erstenmal!" Un he smeet sik in de Bost, grabbel an sienen Slipps rüm.

Jan keek sienen Macker van de Siet an: „Jan! Jan! Maak mi keen Geschichten! Wenn dien Alma dar Wind van kriegen deit, dat du hier mit'n blootjunge Deern knippögen deist, lött se di nich wedder to'n Ball gahn!"

„Och wat! Wat geiht se nich mit? Hett jo sülvst Schuld! Un denn is dat doch blot harmlosen Kraam!"

„Wenn du klook büst! — Woneem is dien Jung denn? De lött doch sünst keenen Danz utgahn?"

„Mien Jung? — Och! De sitt wull mit Stina Wulf in de Klubstuuv."

Aver Stina weer gar nich dar. De arme Deern harr Täänpien, seet tohuus mit'n dicke Back, un harr de holle Kuus mit so veel Rum to begöschen versöcht, dat se bilütten sülvst ganz benüssselt inslapen dee.

De nee'e Jan seet in de Gaststuuv un speel Skat, weer aver nich so recht bi de Saak un keek faken nah de Döör, as wenn he op jichdens wat luern dee.

Op'n Saal füng de Musik wedder an to spelen. Jan Meier senior pack sienen Zigarrnstummel op'n Aschbeker, grabbel sik noch mal an'n Slipps un denn stüer he op de Deern los, möök'n feinen Diner: „Lütt Deern? Wüllt wi beiden dat mal riskiern?"

„Gern!" keem dat leevlich ut den lütten, söten Mund, un se lach em to mit de krallen, blauen Ogen, dat Jan Meier dat warm över'n Puckel lopen dee. Un denn susen se los.

„De jungen Kerls köönt jo nich Walzer danzen", meen de Deern, „aver Se hebbt den Swung rut! Dat heff ik sehn un nu mark ik dat ok!"

Jan Meier keem sik vör as'n olen Schinner, den se Peper ünner'n Steert streut harrn. He müch för dull achterutslagen in sien Wäligkeit.

Fru Börgermeister Brookmann harr sik jüst'n gaatlich Stück Annanassahnetorte in'n Mund steken, as de beiden bi ehr an'n Disch vörbi küseln deen. Se weer sodennig verbaast, dat se dat Quosen vergeet un mit apen Mund achter de beiden ran kieken dee. De Börgermeister schuul ehr van de Siet an un sääd mit'n Grientjs üm de Nees un Ogen: „Mudder! Maak dien Fudderluk dicht. sünst trudelt di de Sahnetorte wedder rut, un du hest nasten denn 'n Fettplacken op dat nee Sidenkleed!"

Se quoos den Kraam gau rünner: „Hest du de beiden sehn? De Kerl kriggt dat wull op siene olen Daag! Kummt wull in de twete Bruusjahrn! he sluukt de Deern rein noch över mit de Ogen! Sowat höört sik doch nich."

De Börgermeister keek nu ok achter de beiden ran, harr so'n Fünkeln in de Ogen, wat sachs wull dar op hendüden kunn, dat he afgünstig weer: „Tjä! Wenn he so'n Chancen hett! Mit so'n ranke, slanke Deern to danzen, dat is'n Vergnögen! Aver mit hunnertuntachentig Pund Lebendgewicht op'n Saal rümtoswunken, dat is'n Stück Arbeit!"

Un denn möök he sik gau ut'n Stoff, harr op'nmal dat Geföhl: dar heff ik mi sachs wull 'n beten to düütlich utlaten.

Aver sien Fru weer dar gar nich ganz achter kamen, harr nu genoog to spekeliern. „Nu kiekt jo blot düssen Pussiermeier an! De ole Kreihhahn schull sik doch fix wat schamen! un de Deern ok! Wat se mit de Ogen kullern deit! Maakt den Kerl noch ganz un gar verrückt! Mutt jo'n dullen Feger sien!"

Fru Börgermeister harr spraken un de annern Froonslüüd an'n Disch menen dat ok un harrn nu för dull wat to kieken un to plücken.

Aver ok jeden Danz huul Jan mit ehr los, un as de Musik Damenwahl utblasen dee, haal se em batz van de Teek weg.

Sowat aver ok! Fru Börgermeister bleev meist de Luft weg!

— Un nu kreeg de Deern sogar 'n Likör spendiert an de Teek! Darbi harrn de beiden jümmer de Köpp neeg bi'nanner!

„Dat Theater kiek ik mi nich mehr lang mit an!" grummel se twüschen de drütten Tään dörch un hau mit de Fuust op'n Disch, dat de Kaffetassen dat Hübben kreken. „is jo 'n Schande wert!"

As de Deern nah buten güng, un Jan Meier 'n lüttjen Ogenblick achteran, dar kunn se sik nich mehr bremsen. Se sprüng op: „Nu geiht mi dat aver doch to wiet! De beiden gaht jo wull in'n Gaarn. Dar mutt ik forts achteran! Dat bün ik Alma doch wull schüllig, optopassen!" Un denn benster se nah buten. — — —

Jan Meier harr de Deern üm de Schuller faat, un se lach em to, so recht van Harten, dat he op'nmal de Nachtigall süngen höör. „Wat — wat is dat doch för'n feine Luft, nich? Ik glööv, de Lent is bald dar! De Spreen hebbt em al anmeld. Wenn du'n Ahnung harrst, mien Deern, wat in mi vörgeiht! Dat — dat is op'n Stutz so över mi kamen as'n Fröhjahrsstorm!"

He weer op'nmal Füer un Flamm! Sien olet Hart weer wedder jung worrn. Dat Geföhl güng mit em dörch, he kunn't nich mehr dwingen! Jüst, as he de Deern ümfaten wull, stünn sien Jung vör em un grien: „Na, Vadder, weer di dat to stickig op'n Saal? Hest di'n beten afkölen wullt?"

De Ool harr sik doch bannig verjaagt, stamer dar wat her, weer op'n Stutz afköölt un fünn doch noch de paßlichen Wöör: „Süh! Man goot, dat ik di doch noch drapen do! Ik heff hier'n Deern kennenlehrt, is mi op'nmal as de Lent in de Mööt kamen. dar heff ik mi dacht: so'n Swiegerdochter kunnst du di gefallen laten! Ja! Dat meen ik!"

Sien Jung grien un de Deern ok. De harr sik an den jungen Kerl ransmust un plinker den Olen to: „Worüm nich? Wenn du nix dargegen hest?"

Jan Meier keek so'n beten verdwarrs un dach: de beiden kennt sik al?

Un sien Jung meen: „Den Gefallen wüllt wi di gern doon, Vadder! Dat is nämlich so: Elsbeth is al lang mien Brut! Heff ik di dat nich al mal vertellt?

Dat weer jüst keen klokes Gesicht, wat de Ool opsetten dee: „So so! Dien Brut. Allerhand, wat ik dar to höörn krieg!"

„Na! Vadder! Nu bitt ik di! Hest du doch al lang markt, wat Elsbeth van di wull!"

Dar füng de Ool an to grienen. Wat schull he anners ok wull doon in so'n keddelige Situatschoon. He wüß nu, wat he to doon harr: he geev de beiden jungen Minschen de Hand un säd: „Na klaar heff ik so wat markt! Ik bün doch nich op'n Kopp fullen! — Ik bün inverstahn un Mudder warrd dar wiß nix gegen hebben! — Un nu maakt man, dat ji op'n Saal kamen doot! Ji hebbt jo noch gar kenen Danz mit'nanner hatt!"

Un denn dreih he sik knasch üm un — weer meist mit de Fru Börgermeister tosamenstött. De stünn dar, as wenn se nich bit fief tellen kunn.

Jan Meier lach: „Na, mien gode Aline? Wat seggst du nu? Hebbt wi nich'n goden Gesmack, mien Jung un ik?"

„Dat hebbt ji wiß!" kreeg he to höörn. un se droh em mit'n Finger: „Aver 'n groten Windbütel büst du doch!"

„Tjä! Dat is nu mal so, Aline", meen he ernsthaftig, „as Vadder is mi dat nich enerlei, wat ik för'n Swiegerdochter in't Huus kriegen do! Du mußt weten, af un an fallt för mi jo ok mal'n Söten mit af!"

Un denn güngen se beid op'n Saal, hebbt dar'n Walzer henlegt, kann'k jo seggen, eenfach Klasse! Schall mi keeneen nahseggen, dat ik afstreden heff, pummelige Froonslüüd köönt kenen Walzer danzen! Gaht mal nah Jan Höper to'n Füerwehrball un kiekt ju dat an!

Hannes Stoorjohann un sien Glück

Mit dat Glück is dat mennigmal so'n egen Saak. de een söcht un söcht sien Leben lang un findt dat nich, hett starke Hannen, totogriepen un fasttoholen, wenn sik dat man blot wiesen wull, un de annere, de sitt dar mirrnmang. Aver he bedinkt sik dat, jümmer hen un her, weet nich neem he nu wull togriepen schall.

Wüllt doch mal sehn, woans Hannes Stoorjohann dat gahn is mit sien Glück.

Twee Jahr weer Hannes nu al bi den Buern Brookmann in Deenst, as Verwalter sotoseggen. Solide weer he man eenmal. Smöken dee he nich veel, un wenn he an'n Krog vöbi keem, harr he keen Last, dat em dat Halslock jöken wöör. Blot so'n beten grootprahlen, dat harr he sik bit hento noch nich afgewöhnen kunnt. He müß jo rein noch mal dükert warrn.

Brookmanns högen sik, dat he sodennig op Draat weer, un Anke, jümehr eenzigste Dochter, harr dar wiß nix gegen hatt, wenn Hannes mal mit Heiratsgedanken vör Döör kamen weer. Aver de ole Slööt meen, man jo nich to vörielig sien! Dat künn em mennigmal leed doon!

He harr sik dat in'n Kopp sett, mal'n Jahr in de Frömm to gahn. Brookmanns harrn dar nix gegen, dat Hannes sik annerwegens in de Landwertschaft ümkieken wull. Anke weer dat nich topaß. Se stünn op den Standpunkt, dat se annerwegens den Meß ok blot mit de Fork ut'nannerstreun deen. Aver Brookmanns Mudder meen: „To'n Schaden is dat nich, wenn ji mal'n Tietlang ut'nanner kaamt, ansünst maakt ji blot noch Dummheiten! Mi is dat nich recht, wenn mien Dochter mit den Adebaar in'n Nacken in de Kark dreben warrd! Du, mien Deern, du geihst denn 'n halv Jahr op de Kaakschool un fangst nahher bi dien Utstüer an to neihn. Un wenn dien Hannes wedderkamen deit, köönt ji forts freen. Denn is mi dat'n reellen Kraam!"

Anke harr toerst 'n Fliep opsett, aver se müß sik dar mit affinnen.

Mudder weer nu mal de Boß op'n Hoff.

Ut Landeien keem hen un wedder mal'n lütte Kaart, neem he'n Halvjahrstiet op'n Good arbeid harr. Denn mal een ut Pommerland. Lütt beten later schreev he sogar'n richtigen Breev ut Torgau. Dar harr he anschiens dat Lengen nahhuus hen kregen:

„Meine geliebte Anke! — Ich bin nun schon eine ganze Zeit auf einem großen Gut in der Nähe von Torgau. Groß Treben heißt das Dorf. Ich bin hier Verwalter. (Egentlich schull dat Peerknecht heten, aver in de Iel hett Hannes nich den richtigen Utdruck bi de Hand hatt!) Ich habe sieben Leute unter mir. (Wenn he Heu ut de Luuk smieten dee un de annern weern in'n Kohstall togang!) Es werden hier furchtbar viel Zuckerrüben angebaut. Es gefällt mir hier ganz gut sonst, aber die Leute sprechen hier so komisch. Schwarzen Mehlbeutel gibt es hier leider nicht. Du glaubst nicht, liebe Anke, wie mich danach gelüstet! Heute habe ich mir in Torgau ein paar neue langschäftige Stiefel gekauft. Ich habe eine ganze Zeit lang auf der Elbbrücke gestanden und ein Stück Papier ins Wasser geworfen und dabei an dich gedacht, meine liebe Anke, wann das Stück Papier wohl bei euch an der Spültreppe vorbeikommt. Ich glaube, ich komme jetzt bald nachhause. Habe viel dazugelernt in der Landwirtschaft. Man wird doch nicht dümmer, wenn man ein bißchen in der Welt herumkommt.

Viele Grüße und Küsse, auch an deine Eltern! Dein lieber Hannes. Die Küsse sind natürlich für dich, liebe Anke. Vater will ich lieber ein paar Zigarren mitbringen."

„Sühst du wull?" harr Brookmanns Mudder seggt. „Nu is he dat Reisen al leed!"

Un Anke freu sik un füng bi ehr Utstüer an to neihn.

Aver dar harr'n Ul seten!

Neeg bi Celle kreeg Hannes wedder Arbeit. He schreev, de Buer weer krank worrn, harr em so veel baden, man jo to blieven bit nah de Aarn.

Dat wer 'n schöne Buersteed, twintig Morgen Land mehr ünner'n Ploog as bi Brookmann. Dat se ok'n smucke Dochter harrn, eenzigst Kind — de Broder weer fullen — de Hannes bannig in de Ogen steken harr, darvan schreev he rein gar nix. Un sien lüttje Detta — sowiet weern de beiden sik al neger kamen — kreeg dat nich to weten, dat he'n Deern in de Heimat sitten harr, de op em luern dee.

Ik schall mi wahrn, dach Hannes, ik weet jo gar nich, keen de beste is, Anke — oder Detta! — Mutt mi dat erstmal bedinken! Un dat is gar nich so licht to.

Mit den olen Breevdräger weer he sik forts enig worrn, vanwegen de Post. Güng jo nich an, wenn Detta unverwaarns mal 'n Breev van Anke in de Fingern kreeg. Achter'n Wagenschuer stünn so'n olen utgedeenten Füerherd. De Aschenschuuv weer Hannes sien Breevkasten.

Eenmal, op'n Sünndagvörmiddag, Hannes un Detta seten op de Hackelskist in'n Peerstall, un Detta harr jüst dat leidige Kapittel van Verloben un Heiraden to Spraak bröcht — güng op'nmal de Döör op, un Jochen Lühmann ut Voßkamp, Hannes sien Dörp, mööt ji weten, stünn op'n Süll un grien över dat ganze Gesicht.

Hannes harr sik sodennig verjaagt, dat he meist van de Hackelskist rünner fullen weer. „Minsch! Jochen!" stamer he mit sien dummst Gesicht. „B — büst du dat würklich?"

„As du sühst", anter Jochen un grien sienen Stremel mit Genuß toen. „Ik kaam jüst van de Utstellung in Hannover un dar dach ik, schaßt doch mal bi Hannes Stoorjohann vörkieken. Dien Adreß —"

„Ja ja, is recht!" kreeg Hannes dat hild un plinker mit de Ogen, „hest du di van Chrischan geben laten!" Un darbi gifft he Jochen de Hand. Un denn müß he sienen Landsmann ok wull mit „Fräulein Detta Lilje" bekannt maken. Dat güng wull nich anners.

„Dat heff ik mi forts dacht, dat dat'n Landsmann van di weer", meen Detta un haak ehrn Hannes ünner, üm forts klaartostellen, wat sik hier nich mehr van de Hand to wiesen leet, wat unsen Hannes aver ganz un gar nich nah de Mütz weer.

Jochen bleev noch to Middag dar. He weer bannig vergnögt, dat Vertelln besorg he meist alleen. He müß sik jümmer wedder op de Tung bieten, dat he Anke nich unverwaarns dar twüschen kreeg. Un Hannes, de tomoot weer, as wenn he op'n hitte Braatpann sitten dee, paß för dull op un peer Jochen op'n Foot, wenn dat brennen wull.

Nah de Middagsköst weern de beiden noch'n Ogenblick alleen. „Ik schall di ok veelmals gröten van Anke", bestell Jochen un schuul em darbi van de Siet an. „Se meen, wanneer du denn nahhuus kamen wullt".

Hannes kleih sik achter dat Ohr, dat nich lütt weer: „Tjä, mien leve Jochen, dat seggst du wull so! Süh mal — ik bün nu jo bannig in de Kniep kamen. Hest du wull al spitz kregen, nich? Ik mutt mi dat erstmal bedinken, keen ik heiraden schall: Anke — oder Detta! — Versteihst du dat, Jochen?"

Jochen grien: „Ik verstah di ganz genau! Detta gefallt mi! Is'n feine Deern! Un de Hoff kann sik ok sehn laten! Dat weer gar nich so verkehrt, ducht mi!"

„Sühst du wull, Jochen? Ik laat mi noch Tiet. Bit nah de Aaarn, wüllt wi mal seggen!"

„Recht hest du", seggt Jochen, de al an't Stüer sitt. „Bedink di dat man öllig, Hannes! Is jo würklich 'n sware Last, wenn dat Glück van twee Sieden nah di winken deit!" Un denn drück he op'n Anlasser un lööt den Motor brummen. „Schall ik Anke noch wat utrichten, wenn se mi fragen deit?"

„Tjä! — Segg man, mi güng dat goot, un ik müß noch erst de Aarn mit ünner Dack helpen!"

„Is jo ok fröh genoog", meen Jochen. — „Na. Denn hool di goot, Hannes!"

„Meent' ok so, Jochen!" — — —

Junge! Dat hett noch mal goot gahn, dach Hannes, as he nah de grote Deel güng. Wenn Detta dat spitz kregen harr! Oha! — Tjä! Mutt mi dat wull noch utknobeln twüschen de beiden! — — —

Dat weer Aarntiet. Hannes weer gar nich mehr to'n Schriewen kamen. Un Anke, de verdreihte Deern, harr ok nix mehr van sik höörn laten. Van Dag to Dag wöör Hannes jümmer hiddeliger, de Aschenschuuv bleev leddig.

Is doch gediegen, dat de Deern gar nix van sik höörn leet. Wat dar wull los weer, bi Brookmanns in Voßkamp. He harr op'nmal rein dat Lengen nah Anke kregen un leet den Kopp so'n beten hangen. Detta weer dat opfullen un se fröög em: „Fehlt di wat, Hannes? Du löppst mi so sliepsteertig rüm de letzten Daag! Is dar wat?"

Aver Hannes wüß sik to helpen. He puul Detta dat forts ut'nanner: Sien öllste Broder schull den Hoff övernehmen un denn weer dat höchste Tiet optopassen, dat he darbi nich to kort keem. Weer wull dat beste, wenn he glieks morgen losfahren de.

Detta harr dar nix gegen intowennen. Se meen, denn kunn dat Freen jo losgahn. — — —

Abends weer Detta noch mal in Hannes sien Kamer gahn, aver de gode Jung weer nich dar. Sien Jack hüng över'n Stohl un de Breevtasch leeg mirrn op'n Disch. Deerns sünd neegierig, tomal, wenn se'n Brögam hebbt. Se müß doch mal tokieken, wat dar allens binnen weer.

Op de een Siet fünn se över fiefhunnert Mark. Spaarsam weer Hannes jo mal eenmal. Op de annere Siet — oh! Hannes! Dar harrst du an denken müßt! Dette weer op'nmal sodennig verbaast, dat se op'n Stohl daalsacken dee. Dat ganze Fack vull Breve! Absender Anke Brookmann in Voßkamp, Holstein. — Dat is doch de Dochter van den Buern, woneem Hannes in Deenst wesen is. Un denn füll ehr noch'n Fotografie in de Hand. „Meinen lieben Hannes von seiner treuen Anke!" stünn achtern opschreven.

Detta weer op'nmal tomoot, as harr se'n Bütz ieskoolt Water över'n Kopp kregen. „So'n gemeinen Kerl! So'n Windbütel! Deswegen weer he so dörch'nanner, as sien Fründ hier weer! Egentlich müß de Deern jo'n Breev hebben, dat se to weten kreeg, wat mit de olen Kerls los weer. Aver wat harr se darvan, wenn se de arme Deern ok den Kopp heet maken dee? — Se nehm den Bleesticken ut de Breevtasch. Groot un düütlich schreev se op de Achtersiet van dat Bild de sülvigen Wöör, de se annerletzt mal in'n Roman lest harr: der Zufall wollte es und das Schicksal, daß mir der Schleier von den Augen gerissen wurde! Ich hoffe, in Kürze von deinem Anblick befreit zu sein! Detta Lilje.

Un denn güng se stebens nah ehr Kamer röver, slööt de Döör achter sik to, kreeg ehrn Neihkorv her un wull Strümp stoppen. Ja, wull se! Aver se harr doch keen rechte Lust, smeet den Kraam wedder hen un — un fung an to roorn, de arme Deern. — — —

Un Hannes? — De ole Slööt kreeg meist'n Slagg! — „In Kürze von deinem Anblick befreit sein!" Oha! Dar harrn se em mal schön bi de Büx kregen! Dat eene Iesen weer nu op'n Stutz afköölt! Nu weer dat Tiet, to verswinnen. Gau steek he sien Ankeliteratur in de Tasch.

Dat Bild leet he liggen, weer nu jo doch versaut. Nahhuus! Nahhuus! klüng dat Hannes in de Ohrn! He harr nu würklich keen Roh mehr.

Dat de verdreihte Anke aver ok gar nix van sik höörn leet! — — —

Detta seet wildeß in ehr Kamer un leet sik allens noch mal dörch'n Kopp gahn. Se dach: egentlich heff ik jo sülvst Schuld! Harr mi jo so in den Kerl verleevt! De Mannslüüd sünd jo wull so, dat se nix anbrennen laat, wenn se to'n Eten sotoseggen opföddert warrd! Liekers bi jüm tohuus de Disch al deckt is. Wenn dat nu so weer, dat he ehr veel lever lieden müch? Dat he villicht van Anke afkamen wull? Weer ehr dat nich jüst so gahn mit ehrn Schoolfründ? As Hannes keem, weer he affunnen. Weer jo wull nich de richtige Leev west!

Se kunn sik nich anners helpen, se müß mal wedder 'n Stremel roorn. — — —

As Hannes in Voßkamp ankeem, weer de Klock al nah twölf, un stickendüüster weer dat op de Straat. Aver Hannes huul dar man so lang, as harr he Seils opsett. In siene Ohrn klüng jümmer de sülvige Musik: nah Anke hen! nah Anke hen!

As he bi dat Sprüttenhuus vörbi keem, wo de Weg nah Brookmanns Hoff afbegen dee, bleev em meist de Luft weg: allens een Licht! Dat hele Huus van vörn bit achtern. Sogar de Butenlamp op'n Hoffplatz weer anknipst. Hannes müß nu erstmal sienen Kuffer daalsetten un sik den Sweet afwischen. He wöör op'nmal ganz annershaftig tomoot. Wat müch dar blot los sien op'n Hoff? Musik un Lachen. Un dubbelte Schatten, de achter de Finster vörbi küseln deen.

Verdammt noch mal! In de grote Dönz weern se an't Scherbeln!

Sülvern Hochtiet is doch al wesen, dach Hannes. Wat kann dar blot los sien!

Hastig nöhm he siene beiden Kuffer in de Hand un möök, dat he wieder keem. Bi de Infahrt müß he sik erstmal verpusten.

Dar güng op'nmal de Butendöör op, un denn kemen se dar rut to juchheihn, een Paar achter dat annere. Polonääs över'n Hoffplatz! Un de beiden ersten — de arme Jung weer rein benüsselt! — de beiden ersten weern Anke Brookmann un Jochen Lühmann!

Nu wüß Hannes Bescheed! De beiden harrn sik verlobt! Un he stünn hier achter'n Tuun to kunkuluern!

So'n gemeinen Kerl! knüch he los. Blot to'n Spekeliern is he bi mi vörkamen. Hett dat al lang op Anke un den Hoff afsehn hatt. De Kerl is jo dat Anspeen nich wert! — Un denn grabbel he biesterig op de Eer rüm, wull sik'n Steen söken, de dar dröben sien Verlobungsgratulatschoon in de Finsterruten ballern, aver in sien Ieverigkeit kreeg he'n Peerkötel in de Finger, un den smeet he gau wedder weg. He vermünner sik un wisch sien Hand an'n Grasbulten af. He brummel noch wat twüschen de Tään, vanwegen de rechte Fründschaft un so wieder.

Op de keen Verlaat weer. Un denn möök he sik op'n Weg nah sienen Broder hen. Harr jo würklich keenen Sinn, hier noch länger achter'n Tuun rümtogiften. Sien Glück harr he nu doch verspeelt.

Laat' kamen as't will, dach Hannes, morgen fröh fahr ik wedder in Richtung Celle. Mehr as rutsmieten kann Detta mi jo nich.

Sienen Broder wull he nich erst ruttrummeln. He güng in de Knechtskamer un kladder in dat eene Bett, wat noch free weer, Chrischan, de ole Hölpsmann snork, as schull he bit to'n Opstahn noch'n Meter Ekenholt dörch hebben.

Denn annern morgen weer he bannig verbaast: „Minsch! Hannes! Wo kummst du denn op'nmal her? Hebbt se di to de Verlobigung inlaad hatt?"

„Swieg blot still!" gnurr Hannes, un dreih sik op de annere Siet, nah de Wand to. „Ik will dar nix van höörn!"

„Dat kann ik di nahföhlen", meen Chrischan un grien so'n beten achtersinnig. „Hest du dien nee Bruut glieks mitbröcht?"

„Dat geiht di gar nix an! Ik heff mit mienen Broder wat to besnacken!"

„Och so. — Wie weern hier so gespannt op de smucke Heidjer Deern!" harr Chrischan wat to brüden. „Ik heff mi al'n swarten Antog bestellt to de — " — Hochtiet wull he seggen, aver denn weer he gau ut de Döör rut, denn Hannes harr mit'n hölten Tüffel nah em smeten.

De weet hier jo bannig genau Bescheed, dach Hannes. Jochen Lühmann weer jo wull allerwegens rümklappert as so'n Waschwiev, de grote Neeigkeit ut'nanner to sluteren. — — —

To'n Fröhstück seet he mit sienen Broder in de Köök an'n Disch, aver dat wull em gar nich smecken. Peter wüß nu över allens Bescheed. Hannes harr em sien Hart mal rein utschütt.

„Tjä! Dat is'n dulle Saak mit dien Detta", meen Peter opletzt. „Nu büst du sotoseggen twüschen twee Stöhls to sitten kamen mit'n blanken Achtersen!"

„Ja! Bün ik! So'n Schiet!" anter Hannes un keek de Nees langs, an de wunnershöne Mettwust vörbi, de op'n Disch leeg un em anlachen dee.

„Ik in dien Stell wöör dat noch mal mit Detta versöken",

leet Peter sik höörn. „Kann jo dien Leben nich kösten, aver villicht doch noch dien Glück sien!"

„Mutt ik wull! Versöken kann ik dat tominnst! Mit den neegsten Togg huul ik af!"

„Mann! Dar fallt mi jüst in — hest du mien Koort nich kregen?"

Hannes keem mit'n Kopp hoch: „Wat för'n Koort?"

„Ik heff di schreben, dat uns Vadder di föftigdusend Mark vermaakt hett."

„Wat?" — Hannes weer gau in de Been kamen. „Minsch! Peter! Denn hett Detta bestimmt de Koort lest! Mutt se nu nich glöben, ik bün würklich darüm nahhuus föhrt?"

„Ogenblick mal, Hannesbroder! de Klöönkasten hett sik meld!"

He weer man eben in de Dönz ringahn, dar rööp he luuthals: „Hannes! Dien Detta hangt an de Stripp!"

Dar weer he nich mehr to holen!

Un denn güng dat Snacken los, hen un her. Weern so wiet ut'nanner un kemen sik jümmer neger, de beiden.

As Hannes nah'n gaatliche Tiet den Hörer opleggen dee, müß he sik erstmal den Sweet afwischen: „Junge junge! Dat hett noch jüst eben goot gahn! Heff den eenen Stohl to'n Glück faatkregen!"

„Wullt du mit den neegsten Togg affahrn, Hannes? Denn mußt du di spoden, mien Jung!"

„Och!" anter Hannes un möök sik dat achter'n Fröhstücksdisch komodig, kreeg de Mettwust bi'n Wickel un steek sik forts'n Stück in'n Mund. „Weeßt du — so'n Iel hett dat nu jo nich mehr! Ik will nu man erst gehörig fröhstücken!" — — —

So'n Slööt weer Hannes Stoorjohann!

Hest du goot maakt, Leo!

Op een Steed heff ik dat man blot'n korte Tiet utholen. Mit mienen Meister harr ik dat dütmal gar nich goot drapen. Duer nich lang, dar kreeg ik spitz, mit wat för'n Giezknaken ik ümtogahn harr. Sien Fru weer anschiens ok nich veel beter, tröck mit em an enen Strang, oder ehr bleev sachs nix anners över, wenn se Striet un Larm ut'n Weg gahn wull.

Aver darmals weern wi froh, wenn wi nich op de Straat legen, stünnen föftig annere vör de Döör, de sik noch billiger anbeden deen.

De Meister harr dat bannig mit de Swienmasteree, wull darmit hast to Geld kamen. Aver so giezig as he man eenmal weer, jeden Sünnavend güng he to Kroog, to'n Skatspelen. Weer jo wull op dat Rebeet jüst so utgekaakt, dat he jümmers op sienen Kosten keem. Mirrnnacht keem he denn teemlich vull wedder an de Kaat.

In de Tiet hebbt se em mal'n gaatlich Swien klaut. Oha! Dar weer aver wat gefällig! Wat hett he schimpt! Kunnst' menen, he müß nu bankrott gahn. Sien arme Fru un ik, wi kregen all beid den Wind van vörn, dat wi gar nix hööt harrn. „Hebbt ji beid Grote Bohnen eten, oder sünd jo op beide Ohrn sitten gahn?" bölk he uns an.

As ik em darop antern dee, he kunn sik doch freun, dat se em blot dat ene Swien utspannt harrn van de twintig Swaargewichtler, de Deev weer doch bescheiden west, harr sachs wull Smack op'n reelle Swienskóst hatt, dar keek he mi doch bannig füünsch an. Tominnst wüß ik nu Bescheed, bi den hest du bald utbackt!

„Dar mutt'n Wachhund her, so'n richtigen Bieter!" meen de Meister. Op son Risiko wull he sik nich noch mal inlaten.

Duer ok gar nich lang, dar geev he mi den Opdragg, den Hund aftohalen. He sülvst tro' sik wull nich so recht. ik schull mi man vörsehn, dat weer 'n dullen Büxenbieter, harr de Buer em vertellt, de em gern los sien wull.

Darmals weer jo so'n Tiet, dar müssen wi Bäckers nich

blot in de Backstuuv wat leisten, ok in'n Gaarn rümwölen, den Swienstall utmesten un sünst noch allerhand ümto. Ja, se hebbt uns op elkeen Rebeet 'n gode Utbillung tokamen laten, sik bannig veel Möh geben, ut de Gesellen gode Huusvadders to maken.

Worüm schull ik also nich den Hund an't Huus bringen? Spazierngahn, dörch de Gegend ströpen, dar heff ik alltiet veel Vergnögen an hatt. Bavento harr mi noch keen Hund beten. Mußt darbi blot 'n beten Gedüer opbringen, un den Knüppel bisiet laten!

As de Buer mi op'n Hoffplatz in de Mööt keem, grien he so recht spitääsch un meen: „Na? Schaßt' den olen Köter afhalen? denn man veel Vergnögen! ik bün froh, dat ole Beest los to warrn. ik weer al neeg bi, dat Aas dottoscheten!"

Ik keek em blot mal van de Siet an un dach so bi mi: Bi di müch ik nich mal Knecht sien.

De Hoffplatz sehg bannig nuddelig ut, jüst so as de Herr sülvst. Sien Smeerbuuk wrangel sik driest över den Buukremen röver un de Hemdkragen vertell mi, dat he tominnst över acht Daag at Vergnögen harr, van den Herrn sien dicke Wustfingers utwiet to warrn, denn kortluftig weer he man eenmal. Anschiens höör he to dejenigen, de den Bagen rut harrn, elkeen Arbeit ut'n Weg to gahn, un blot tolangen deen, wenn't to Disch güng, sik den Buuk vulltoslagen.

Bi den Wagenschuppen stünn so'n olen, utgedeenten Landauer. op den Polstersitz harr sik dat'n hübsche, rotbunte Katt komodig maakt in de Sünn.

De Buer bleev batz stahn, möök'n füünsch Gesicht, güng op ehr to, kreeg dat arme Deert bi't Gnick to faten. Op'n Meßhupen fünn Muschi sik wedder. Se harr noch Glück hatt, weer teemlich week fullen. „Fules Kattenvolk! grummel de Buer. „Gammelt hier rüm, statts Müüs to fangen!"

Mi steeg'n Klüten in'n Hals hoch, aver — ik müß mi betemen. Veel lever harr ik beleevt, dat se den Buer, as Dank sotoseggen, mal öllig över de Smoltback kleiht harr, dat he utsehg as'n Studiosus nah de erste Mensur.

Aver dar leeg nu de Hund, den ik halen schull, un keek mi an. Ik dach so bi mi: Er hatte das gelbe Fell eines Berberlöwen und wunderschöne, ausdrucksvolle Augen. Ich werde ihn Leo nennen!

Un denn wöör he den Buern gewahr, wies sien Tään un gnurr.

„Nu sühst du al, wat för'n Giftnudel dat is!" säd de Mann un bleev mit Respekt afsiets stahn. „Is nu dien Saak, den Hund van de Keed lostobinnen! Paß man op, dat he di nich de Büx tweirieten deit!" Un denn möök he sik ut'n Stoff.

Ik weer mit den Hund alleen. Veel to freten harr he anschiens nich kregen, kunnst de Rippen tellen. Sien Steert röög sik keen beten. Harr he de ganze Tiet op düssen Hoff ok wull kenen Grund to hatt, sik mal to freun. Aver de Ogen weern in Bewegung. Dar weer noch so'n Kerl, un den müß he sik nu erstmal genau ankieken un beluern, kunnst gar nich weten, wat de mit em vör harr.

Ik sett mi erstmal in de Huuk un snack em goot to. Is doch gediegen, müch de Hund denken, dat de Kerl vör di, gar nich mit di rümblaffen deit! Ik lööt mi veel Tiet mit em. Ik harr ok noch wat in de Tasch. Opletzt, as siene Ogen mi künnig maken deen, dat he mi vertroon kunn, güng ik neger an em ran un hööl em dat Stück Blotwust vör de Nees.

He snüffel dar an rüm, keek mi jümmer wedder an, un denn nehm he mi den Leckerbissen sachte ut de Hand. Junge, junge, Wat smeck em dat! Weer em sachs wull lang nich mehr baden worrn. He leet sik strakeln un de Steert, de kunn sik gar nich wedder beruhigen. Ik möök em van de Keed los, nööm em an de Lien fast, de ik mitbröcht harr. Wi dammeln noch'n Tietlang rüm, denn güngen wi los, mien Leo „bei Fuß", as man wull seggen deit.

As de Buer uns to sehn kreeg, füll em meist de Piep ut't Muul. Leo wies em noch mal to'n Afscheed de Tään un gnurr, denn weern wi al op de Straat.

Wat för'n Raß dat egentlich weer, kunn ik nich utmaken, wahrschienlich gar keen. Nah mien Menen kunn he villicht de Söhn van een Terriertööl sien, de mit'n Boxer frömd gaan weer. Aver siene Ogen, de möken allens wedder goot. Ik heff dar ok för sorgt, dat he sien Recht kreeg un to Kräften keem.

Mit mienen Meister kunn he ganz un gar nich klaarkamen. Wenn he nah'n Swiensstall wull, wo Leo anbunnen weer, müß he sik vörsichtig van de Siet her rinslieken, sien Swien to testen, sünst güng Leo em an de Büx un slöög Krach, as wulln se inbreken. Över düssen Tostand kunn de Meister sik förchterlich argern un opregen. Wenn de gode Leo düsse Wöör verstahn harr, weer he villicht mit inklempten Steert in sien Hütt krapen.

In de Backstuuv möök he denn jümmer sienen Arger Luft: „Dar bün ik schön mit rinfullen! Ik weet gar nich, wat de verrückte Köter gegen mi hett! Ik do em doch gar nix!"

„Dat is doch ganz eenfach, Meister", anter ik em, „de Hund föhlt dat glieks, dat Se nix för Tiern över hebbt. Van de Swien wüllt wi nich snacken, dat is doch'n anner Aart van Leev, de sik erst betahlt maakt, wenn de Tiern slacht sünd!"

Ik kreeg 'n Blick tosmeten, de mi düütlich genog to verstahn geev, dat he op mi jüst so'n Pick harr as op sienen Hund. Un denn kreeg ik to höörn: „Bill di man jo nich in, dat ik mit düssen falschen Köter jüst so rümficheln do, as du dat maken deist. De Hund hett to parieren un wieder gar nix! Dat will ik em wull bibringen! Wenn't nich anners geiht, mit'n Knüppel!"

„Veel Vergnögen, Meister", geev ik em to Antwort un güng ut de Bachstuuv nah'n Swiensstall röver. Weer jo nödig, mit Leo mal 'n paar fründliche Wöör to snacken.

Ik höör mienen Meister noch'n ganze Tietlang rümschimpen un rümpultern. He weer nu mal so'n richtigen Gnatterputt, de faken överlopen dee, un sik blot denn högen dee, wenn he in'n Kroog 'n Grand mit veer anmelln kunn. —

Korte Tiet later, ik weer jüst avends bi'n Suerdeeg togang, harr de Deegmaschin anstellt, dar güng achtern bi'n Swienstall de Spektakel los. Leo wull sik umbringen, weer för dull an't Bellen un de Meister an't Schimpen un Grölen. Ik mark forts, se weern all beid heel goot in Rasch. Ik strööp mi gau de Hannen af un lööp nah buten. Dar höör ik op'nmal klagen un jaulen. Un denn keem mi de Meister mit flegen Haar in de Mööt lopen un Leo achter em ran. de tweireten Keed flöög man so van een Siet nah de annere.

„Hol den Hund fast! Hol den Hund fast!" bölk de Meister luuthals. „Dat Beest bringt mi noch üm!"

Mit enen Griff harr ik Leo an de Keed faat. He gnurr blot noch, slacker mit'n Kopp hen un her. Dar kreeg ik to sehn, dat em Bloot ut de Nees drüppeln dee. Dar wüß ik Bescheed. Mi steeg de Grull hoch. Ik harr dat Rullholt to sehn kregen, dat op'n Weg leeg. Ik kunn mi nich mehr betemen un füng an to bölken: „Se hebbt den Hund slagen. Glöövt Se villicht, op düsse Aart un Wies Fründschaft mit Tiern to holen?"

„Wat denn sünst?" füng he an to hapachen. un darbi harr he jümmerto achtern wat to fummeln. „Dat verdammte Beest wull nich pariern, un dar hett he Schacht kregen!"

He wies mi de Achtersiet un ik müß lachen. „Se seht jo lecker ut!" flöög dat ut mi rut.

Dar wöör he füünsch un ik kreeg den Wind van vörn: „In acht Daag is dien Tiet aflopen. Hest du mi verstahn?"

„Heff ik, Meister! Hüüt avend gah ik in'n Woold un bummel mi op!"

„Denn verget nich, den Hund mittonehmen, sünst scheet ik em doot."

„Ik nehm em mit, wat denn sünst wull! Un ik heff al'n gode Steed, wo de Lüüd heel veel beter mit Tiern ümtogahn weet!"

He brummel noch wat in sienen Boort, un denn trünnel he sik af. Sien blanke Achterseven, de anschiens nich allto-faken de Sünn to sehn kregen harr, glinster so witsch ut de tweireten Büx as so'n vullgarten Klumpen Wittbrootdeeg.

Noch densülvigen Avend heff ik mienen Leo nah Bekannte bröcht, de dat nich mit'n Knüppel to doon harrn, ok nich mit'n iesern Keed. Ik strakel em noch mal to'n Afscheed, nehm sien Poot in de Hand: „Hest du goot maakt, Leo! Hest' dien Leidenstiet nu achter di!" — — —

As ik mien Papiern in de Tasch harr un to'n Bahnhoff gahn wull — ik harr Glück hatt un in de Kaiserstadt Goslar 'n nee Stell funnen — keem de Meister noch mal ut de Döör un füng forts an to stänkern: „Denn grööt man dien Schleswig-Holsteen meerumschlungen un laat di de Melksupp goot smecken un de Bookwetengrütt!"

Ik keek den Meister an un denn wöör ik an de Huuswand den groten Haken gewahr, wo de Ledder an ophungen warrd. As ik den Spiddelfix van Kerl so vör mi stahn sehg, mit den smeerigen Grientje üm Nees un Ogen, kunn ik nich anners, ik müß mi mal Luft maken. Ik stell mienen Kuffer af, kreeg den Spiddelfix bi de Büx to faten, böör em hoch un hüng em an de Huuswand an'n Haken. De langen Strumpsocken keken wiet ut dat Büxenbeen rut. He weer sodennig verbaast, dat he in'n ersten Ogenblick kenen Toon rutbringen kunn.

Ik nehm mienen Kuffer in de Hand un säd: „Is doch wull beter, wenn du di mal öllig utlüften deist, lüttje Kreihhahn!"

Denn güng ik van'n Hoff un höör blot noch ut de Fern, wat he an't Bölken un Spektakeln weer. — — —

Vele Jahrn later heff ik tofällig mal to höörn kregen, dat he in de Adolfinische Tiet sogar Ortsgruppenleiter worrn is! Wat ut so'n Minsch nich allens warrn kann!

Fiete söcht den Wiehnachtsmann

De ganze Nacht harr dat froorn. op de grote Watertünn ünner de Dackrünn weer Ies, so blank un fast, de lüttje Fiete kunn dat mit sien blote Hand nich mehr tweislagen. Aver as he to Kaffetiet siene twee Schieben Krinthenstuten wegputzt harr un jüst mal ut't Finster kieken dee, tröck dat güntsiet den Woold düster un blau hoch.

„Mudder, ik glööv, dat gifft'n Gewitter!" meen Fiete. Aver sien Mudder smustergrien un anter: „Nee nee, Fiete, dat süht blot so ut! Aver Snee gifft dat, glööv ik!"

De Luft weer so week un dat duer gar nich lang, dar küseln de ersten Sneeflocken van baven daal un dat weer op'nmal so schummerig in de lütte Köök, dat Fiete sien Mudder dat Licht anknipsen müß, denn se weer bi't Brunkokenbacken. Se schööv jüst wedder 'n neen Platen in'n Backaven.

Fiete drück sien Stupsnees an de Finsterruten un weer ganz ut de Tüüt: „Mudder! Mudder! dat sneet! — Bringt mi de Wiehnachtsmann nu ok'n Sleden, dat ik mit rüschen kann?"

„Ik weet nich, Fiete. Kann sien."

„Dat mutt he aver! Sünst — sünst glööv ik nich mehr am em!"

„Na na! Wenn he dat höörn deit, bringt he di wiß kenen Sleden!"

„Mudder!"

„Na, Fiete?"

„De annern Jungens hebbt seggt, dat gifft gar kenen Wiehnachtsmann!"

„Och wat! de wüllt di jo blot bang maken, dat du nix kriegen deist."

„Hannes seggt aver, wenn bi jüm de Wiehnachtsmann kamen is, denn weer dat de Grootknecht. He hett em mal den olen Mantel achtern hochlücht, un dar hett he de Büx wedderkennt."

„Fiete! De wüllt sik doch blot wichtig maken! Dat gifft mehr so'n Büxen."

Aver Fiete geev noch lang keen Bott un purr forts wieder: „Woneem wahnt denn de Wiehnachtsmann egentlich, Mudder?"

„Dar günnt in't Moor in so'n lütte Strohkaat. Dar hett he ok sien Warksteed, neem he al de feinen Saken trechtklütern deit."

„De elektrischen Iesenbahnen, maakt he de ok, Mudder?"

Se müß nu mal deep Luft halen, aver denn anter se em: „De wull nich. De haalt he sik van Koopmann Brammer."
„Worüm kummt de Wiehnachtsmann denn nich bi uns Hilligavend?"
„Vadder steiht jümmer vör de Döör un paßt op. He schall sik nich so lang opholen, de ole Mann. Will doch gern wedder tohuus in sien warme Dönz, nich?"
„Wenn he nu aver starben deit, Mudder? He is doch olt, hest du seggt. Wat denn?"
„He starvt nich, Fiete!"
„Nee? — Hannes seggt, vergangen Jahr weer he sodennig verköölt, hett jümmerto hoost un knücht! — Jüst so as de Grootknecht!"

Fiete sien Mudder kreeg dat op'nmal hild un reet den Platen mit Brune Koken ut'n Backaven: „Oha! Dar hebbt wi noch mal Glück hatt! För all dien Frageree harr ik se binah vergeten! — Du schußt man nah Tante Meta gahn bit to'n Avendbroot, höllst mi blot op mit dien Snackeree, du lüttje Punnerklaas!"

Aver Fiete bleev jümmer noch deepdenkern an't Finster stahn: „Wenn de Wiehnachtsmann in't Moor wahnen deit, Mudder, denn müch ik em meist mal besöken!"

„Nu snack doch keen Dummtüch! Den findst du wiß nich! Gifft jo mehr so'n lütte Strohkaten. Un denn hett he dat opstunns ok so hild!"

Se tröck em de warme Jopp an, geev em sien wulln Mütz mit de grote Troddel baven op unde Handschen. „Nu loop man gau los. Un grööt Tante Meta van mi!" Un darmit schööv se em ut de Döör.

Aver Fiete, de dach gar nich an sien Tante. He harr sik dat nu mal in'n Kopp sett, den Wiehnachtsmann to besöken. — — —

Junge, wat keem dat van baven hendaal! Dat weer bannig an't Fükern. De ole Pump op'n Hoff harr sik al'n witte Mütz över de Ohrn trocken, över dat hele Land weer'n witt Laken utbreed un all de Bööm un Stickelbeerbüschen glinstern un blänkern, as weern se över un över mit fienen Zucker vullstöövt. Op'n Tuunpaal seet'n swarte Drossel un harr sik opplustert. Dat sehg heel lustig ut.

Aver Fiete keek sik allens nich lang an, he harr nu keen Gedüer mehr. He möök sik forts op'n Padd un stävel nu de Chassee langs. 'n halve Stunn müß he wull lopen, denn güng rechterhand de Weg nah't Moor af. Blot 'n paar enkelte Katen harrn sik dar an'n Barkenweg henhuukt. Fiete sehg nu al so ut as'n lütten Sneemann.

Glieks de erste Strohkaat nöhm he sik vör, tapp dörch den hogen Snee nah dat lütte Geranienfinster, duuk sik vörsichtig daal un schööv sik denn sachen hoch. He plier twüschen de Blomenpütt nah de Dönz rin un verjaag sik sodennig, dat he gau wedder op den Weg trüchlopen dee. So'n ganz ole Fru harr em mit fluckerige Ogen angluupt un de grote, dicke swarte Kater op'n Stohl harrn Puckel maakt un em de Tään wiest. Junge, junge! Dat is jo wull de Hexenkaat ut Hänsel un Gretel, dach Fiete, un sien Hart pucker för dull. He schull noch mal nah de schewe Huusdöör röver: Nee! Mit Brune un Witte Koken weer se jüst nich utstaffiert as op dat Bild in sien Märkenbook. Aver baven op't Dack, dar huuk en gnäterswarte Kreih un quark. Darbi wipp se mit Kopp un Steert jümmer op un daal, dat Fiete de kolen Gräsen den Puckel rünnerlepen.

Schull de Wiehnachtsmann wull dar dröben in de Kaat wahnen, achter den schewen Tuun?

„Glieks mal tokieken, dach Fiete un stüer dar op los. Moot harr he jo, de lütte Kerl. Aver ut dat halvapen Finster keem op'nmal so'n asigen Larm un Spetakel, dat kunn he sik van den Wiehnachtsmann wiß nich vermoden sien. Aver rinkieken müß he liekers mal.

Dree gräsige Kerls seten dar binnen an'n Disch un spelen Karten. Un se grölen luuthals un ballern op'n Disch, dat de Beerbuddels dat Hübben kregen.

Nee nee! Dat weern jo wull de Röwers ut de Bremer Stadtmuskanten!

Harr ik mi ok nich drömen laten, dach Fiete, dat ik hier allens op'n dutt finnen do, wat mien Märkenbook vertellt. Un darbi harr Hannes doch seggt, sowat geev dat gar nich, dat harrn sik blot so'n paar malle Schriewers tohopenspunnen! Nu weer he dar endlich mal achter kamen, wat för'n Klookschieter dat is! De schull em mal wedderkamen!

Eenmal will ik dat noch mal versöken, dach Fiete. He stapp dörch den Snee op de Kaat to, de ünner de hogen Dannen recht 'n beten fründlicher rutkieken dee. Dat weer nu al wat schummerig worrn. Blangen de Kaat stünn 'n lütt Holtschuer. Ut dat Finster füll en Lichtschien op den Weg. As Fiete gau mal dörch de Ruten kieken dee, füng sien Hart för dull an to puckern, aver dütmal vör Freud: nu harr he em doch funnen, den Wiehnachtsmann! Dar binnen seet he wiß un wahrhaftig in sien Warksteed an'n Disch un klüter an jichdens wat rüm.

Allerhand Tiern ut Holt snäden legen op'n Disch rüm. Un wat dat sünst nich allens to kieken geev! Lüttje Wagens mit Peer vörspannt, dar'n groten Buerhoff mit Bööm un Staketten rüm, darn feinen Koopmannsladen mit'n Tresen, un dar stünn sogar 'n Peerstall mit'n richtige Krüff vull Heu, un baven weer de Heuböön mit'n Luuk. Fiete drück sik meist de lütte Nees breet an de Ruten. Un wat dar wieder achtern ut'n Sack kieken dee — dat weern jo wull'n Sleden? Sien Sleden villicht! — Bestimmt! De annern Jungens harrn doch al enen. — Un denn keek he sik den olen Mann mal nipp an, mit den langen Boort un de fründlichen Ogen.

Dat weer also de Wiehnachtsmann! Sien Mudder harr em doch de Wahrheit seggt, un Hannes un de annern wüssen rein gar nix, weern grote Klookschieters!

Nu bün ik eenmal hier, dach Fiete, nu will ik ok mit em snacken! He klopp an dat Finster un reep: „Wiehnachtsmann! Wiehnachtsmann! Laat mi in!"

De ole Mann weer rein verbaast. Aver denn keen he forts in de Been un güng an't Finster. „Keen röppt mi dar buten?"

„Ik bün dat, Wiehnachtsmann! Fiete Kreihboom! Ik — ik müch di gern mal Godenavend seggen!"

De ole Mann höög sik un anter: „Dat is aver nett van di, Fiete! — Ik laat di in!"

Fiete lööp gau nah de Huusdöör, reet sien wullen Mütz rünner — dat höör sik jo wull so, meen he — dar stünn de Ool vör em, nöhm en glieks bi de Hand un güng mit em nah binnen. Un he säd: „Nu kiek mal an! Du hest di eenfach op'n Padd maakt, mi to besöken? Dat freut mi aver würklich!"

Un he strakel den lütten Gast över de Flaßkopp un güng mit em nah de lütte Dönz röver. In den groten Kachelaven buller dat Törffüer.

„So! Nu vertell mi mal, keen di herschickt hett!"

„Mi — mi hett keeneen herschickt, Wiehnachtsmann! Ik bün ganz ut mi sülvst kamen!"

„So! — Hest du dien Mudder denn gar nix seggt?"

„Och nee. Mudder glöövt, ik bün bi Tante Meta un kaam to'n Avendbroot wedder."

„Tjä! Wenn du dat man schaffen deist, Fiete! De Klock geiht al op söß!"

Dar kreeg Fiete dat doch mit de Angst un kneep al mit de Ogen.

Aver de Ool begöösch em. „Na na! Nu fang man nich an to siepen! Hest doch so veel Moot hatt, mi hier optosöken bi all den Snee? — Ik bring di mit'n Sleden nahhuus, denn schafft wi beiden dat bestimmt to'n Avendbroot!"

Dar lach Fiete wedder un siene Ogen weern hellwaak: „Mit den Sleden villicht, den ik to Wiehnachten hebben schall un de dar in dien Warksteed ut'n Sack kieken deit?"

De Ool lach. „Dat hest du lüttje Slööt ok al spitz kregen?" Un denn kann he sik nich mehr holen, he nimmt den lütten Bötel op'n Arm un drückt em: „De Sleden is för di, dat du dat man weten deist! — Un nu mööt wi beiden uns spoden, dat wi los kamen doot!" — — —

Fiete siene Öllern seten in de Köök. Se dachen sik dar nix bi, dat de Jung noch nich dar weer. Bi Tante Meta weer he alltiet goot ophaven. Se harrn ganz wat anners to besnacken.

Hannes Kreihboom, de jüst van de Arbeit kamen weer, keem forts mit de grote Neeigkeit vör Döör: „Dien Vadder is wedder dar, heff ik to höörn kregen. Veer Jahr hett he dat utholen bi sienen Jung in Kanada. Nu hett em dat doch wedder nahhuus hen trocken."

„Wat he mi jümmer noch gramm is?" meen sien Fru.

„Du hest em darmals doch rutsmeten, nich?"

„Rutsmeten? — Nee! So slimm weer dat nu ok wedder nich, Hannes! Vadder hett darmals doch den Striet anfungen. Ik weer'n Schüerdüwel, hett he seggt, ik schull mienen Mann man nich opletzt ut'n Huus jagen!"

Hannes grien so'n beten: „Na, so ganz unrecht harr he wull nich?

Oder? wenn dien Vadder inkieken dee, weerst du jümmer an't Schoorwarken, harrst rein gar keen Tiet."

„Och. Ji Mannslüüd maakt dar wat van! Wenn ik nich so op Draat wesen weer denn harr he ok wat to quesen hatt!"

„Weer jo nich nödig, dienen Vadder glieks so brutt to kamen, vanwegen: wenn di dat nich nah de Mütz is, kannst jo man wegblieven!

Greten tucks mit de Schullern, op't best tomoot weer ehr jüst nich darbi, un se anter teemlich benaut: „Dat — dat weet ik nu ok, Hannes. Hett mi al lang leed daan."

„Dat dien Vadder so lang wegbleven is, liggt doch blot daran, dat dien Broder so lang krank wesen is un he nödig weer op de Farm. Un Spaß hett em dat ok maakt, sien Swiegerdochter un siene Enkels kennentolehrn. Över'n Groten Diek weer he ok gahn wenn he sik nich mit di gnappt harr. Dar bruukst du di gar keen Gedanken to maken!"

„Liekveel. ik heff de Schuld, un ik bring dat forts morgen in de Reeg!"

Se harr dat jüst utspraken, dar pingelt dat an de Döör, un Fiete sien Stimm is to höörn, un denn noch'n Mannsstimm.

Se lüstert, de beiden, un kiekt sik an?

Dar kummt Fiete al in de Döör to störmen: „Dar bün ik wedder!"

„Is dar een mitkamen?" fröggt sien Mudder. „mi weer doch so?"

„Ja, Mudder! Ik heff den Wiehnachtsmann forts mitbröcht!"

Hannes maakt grote Ogen un is rein verbaast: „Den Wiehnachtsmann?"

„Ja, Papa! In de letzte Kaat an'n Barkenweg heff ik em funnen!"

Dar geiht bi sien Mudder 'n Licht op. „Jung!" seggt se — un löppt gau nah buten, ehrn Vadder in de Mööt.

Wat in't Book steiht:

Keen Strom in de Leitung (Hörspiel)	5
De letzte Besöök	45
Therese un ehr Prinz	49
Jan Lünk van de tweete Etaasch	55
Ganneff un Pollo	60
De Kuckuck von Wienbeck	65
Erdbeern in Navers Gaarn	75
Dat Gespann	81
Olet Hart warrd wedder jung	86
Hannes Stoorjohann un sien Glück	92
Hest du goot maakt, Leo!	101
Fiete söcht den Wiehnachtsmann	106